머그컵 프롬나드

머그컵 프롬나드

이지원 수필집

수필과비평사

작가의 말

기억의 목록을 훑어보다가

깊은 고민에 빠졌다.

고민의 시간은 길었으나

결국

또 한 권의 책을 세상 밖으로 내보낸다.

나를 떠난 생각의 분신들이여,

부디 세상과 연대할 수 있기를,

고개 끄덕이며 공감할 수 있기를!

2022. 여름

이지원

목차

2부 머그컵 프롬나드

3부 투셰

4부 덫

5부 **합방**合房

1부 노을 속에 들다

인생은 파란 하늘처럼 한 가지 빛깔은 아니다. 다양한 색으로 물들어
가는 노을이 어쩌면 우리네 삶의 모습일지도 모른다. 어떤 때는 연보
랏빛이다가, 어느 순간 갈색으로, 혹은 먹빛이 되었다가, 다시 붉게
타기도 하지 않던가.

노을 속에 들다

초겨울 볕살이 유난히 맑고 따사롭다. 빛줄기가 온몸을 두드리는 것 같아 햇빛 목욕이라도 하고 싶어진다. 하늘을 올려다보며 양팔을 벌리고 한 바퀴 핑그르르 돌아본다. 그동안 고단한 일상에 시달려 눅눅한 마음 말릴 틈이 없었다. 쏟아지는 햇살을 받으며 몸 곳곳에 밴 습기를 걷어내기 위해 길을 나섰다.

이번 코스 중에 내 마음을 끈 곳은 낙안읍성이다. 하지만 굴비처럼 줄줄이 꿰인 일정표를 보니 한곳에 머물 시간이 많지 않을 것 같다. 읍성에서 여유를 즐기고 싶은 나는 일정을 좀 줄였으면 싶다. 마지막에 갈 순천만은 해 떨어질 무렵에 도착할 것 같아 굳이 가지 않아도 될 것 같은데 몇몇은 순천만을 보기 위해 왔다고 들떠있다. 스쳐가듯 보는 것보다 한곳이라도 여유롭게 보자며 우기고 싶지만 꾹 참는다. 제각각 마음 둔 곳이 다르니 일정을 하나라도 빠트리면 안 될 분위기다. 성안 돌담에 기대어 볕바라기를 하며 무심히 있기만 하여도 좋을 것만 같은데 그 마음을 접기로 한다. 짧게 머문 낙안의 여운이 채 가시기도 전에 서둘러 마지막 코스로 향한다.

순천만에 도착하니 해가 그림자를 늘이기 시작한다. 저녁으로 넘어가는 어스레한 시간이 되자 유난히 맑았던 하늘빛이 달라진다. 천상의 화가가 하늘 캔버스에 스케치를 시작한 모양이다. 흰구름 사이로 회갈색 구름이 섞이더니 어느새 밀감 빛 기운이 퍼져 나간다. 급기야 진홍 노을이 하늘을 담뿍 적신다. 노을이 스미기 시작한 순천만을 본 것은 처음이다. 하늘은 점점 붉은색의 향연을 이어간다. 시시각각 오묘한 색깔로 내 마음 한없이 휘어잡는다. 그 아름다움에 취해 발길 닿는 대로 걷는다. 갈대밭 곳곳에서 탄성이 터져 나온다. 기대 없이 찾아간 곳에서 생각지도 못한 풍경과 마주친 것이다.

해는 점점 기울어 간다. 더 멋진 풍광을 즐기려면 전망대까지 가야 하지만 날이 곧 저물 것 같아 갈 수 있는 데까지만 가자고 의견을 모은다. 그중 몇 사람은 전망대를 향해 빠른 걸음을 떼고 있다. 그곳에 가서 노을과 마주하고 싶은 것일 게다. 순간, 그 뒤를 따를까 고민하다 마음을 바꾼다. 뛰어가는 이들의 뒷모습을 보며 갈대 사이를 천천히 걷는다. 느긋한 평화가 밀려든다.

한때는 나도 저렇게 서둘렀다. 남들보다 하나라도 더 붙들고 싶어서 조바심을 냈다. 정해 놓은 것에 다가가려고 무진 애를 썼고 누구보다 앞서가고 싶었다. 내 뜻을 관철하려고 고집도 부렸다. 무엇보다 내 생각이 다 옳은 줄 알았다. 나이 탓일까. 예전보다 세상을 바라보는 눈이 조금씩 순해지고 마음은 노을진 하늘처럼 물물이 익어간다.

석양 속에 서서 순천만을 휘돌아가는 물길을 본다. 갈대밭과 강물 사이에 길이 있고, 하늘과 땅 사이에 만물이 있으며, 해와 달 사이에 노을이 있다. 그 사이에 담긴 나는 세상을 있는 그대로 받아들이며 걸어가자고 다짐해 본다. 흘러가는 물처럼 나도 유유히 흐를 수 있다면 그리해 볼 일이다.

갈대밭 샛길은 가풀막 없이 평탄하게 이어지나 곧게 뻗어 있지는 않다. 끝까지 걸어야 할 인생길처럼 꺾이기도 하고 곱돌아 가기도 한다. 생각에 잠겨 걷다 보니 끊어진 길 앞에 서 있다. 막다른 골목을 만난 듯 막막하다. 방법이 없으니 에돌아가는 수밖에.

넓게 펼쳐진 갈대밭 둘레의 낮은 산들은 진녹색 선으로 형형색색의 하늘을 떠받친다. 석양 속에 담긴 나는 노을빛으로 물들고 있다. 햇볕이 밝고 맑음으로 일상의 고단함을 씻어준다면 노을은 속을 잘 우려내어 마음자리 곳곳을 은은하게 데워 주는 것 같다. 읍성에서 좀더 머물자고 목소리를 높였더라면 이 황홀한 하늘을 만나지 못했을 것이다. 그렇게 흘려보내고 놓쳐 버린 것들이 그동안 또 얼마나 많았을까.

자신의 생각을 모두 드러내지 말며 목소리를 낮추고 타인의 말을 정성스레 들어주자고 틈틈이 마음을 다잡아 보지만 쉽진 않다. 남들은 다 듣는데 나만 듣지 못하고, 아무도 듣지 못하나 나만 들리는 불통과 아집에 빠져 있지는 않은지 가을이 스러지는 갈대밭에 시시 나를 돌이본다.

인생은 파란 하늘처럼 한 가지 빛깔은 아니다. 다양한 색으로 물들어 가는 노을이 어쩌면 우리네 삶의 모습일지도 모른다. 어떤 때는 연보랏빛이다가 어느 순간 갈색으로 혹은 먹빛이 되었다가 다시 붉게 타기도 하지 않던가.

겨울 갈대밭에 서서 노을 속에 빠져든다. 이울어가는 것이 쓸쓸하지만 잘 익어갈 수 있다면 그리 애달픈 일만은 아닐 듯하다. 그렇게 되기를 바랄 뿐이다. 낮에 일어난 모든 것들이 노을빛으로 봉인되고 있다. 오늘이라는 그림이 완성되자 어둠이 밀려든다.

왔던 길을 향해 몸을 돌리는데 끊어진 길옆에 줄배가 묶여 있다. 아까 미처 보지 못한 것이 지금 눈에 든다. 그렇다! 길이 끊어진 곳에서는 줄배를 잡고 건너면 되는 것을. 사는 일이 간혹 막다른 골목에 막혀서 안절부절못하고 애를 태울 때가 있지만 어느 순간 자연스레 해결되기도 한다는 것을 줄배를 보며 다시 깨닫는다.

아스라한 하늘과 맞닿은 나뭇가지 끝에 초승달이 걸리고 푸드득, 저녁 새들이 보금자리를 향해 날아간다.

벚꽃장이 끝나면

한바탕 꽃잔치가 끝나자 봄은 저만치 물러나 있다. 꽃 진 자리에 연노랑 잎 돋아나더니 어느새 연둣빛 물결이다. 나는 꽃이 만발한 봄보다, 시퍼런 잎이 무성한 여름보다, 여린 잎새들이 팔랑대는 늦봄과 초여름 그 사이의 시간이 좋다. 연초록의 싱그러운 날들은 내가 몹시 행복하다고 느끼는 순간들이다.

도보 여행길에 나선다. 도심을 벗어난 지 두어 시간쯤 되었을까. 아카시 향이 코끝을 간질이는 풀숲을 지나자 이내 장터가 나온다. 웅성웅성 사람들로 북적대는 것을 보니 때마침 장날인 모양이다. 시장기를 때울 요량으로 여기저기 기웃대는데 과자가 가득 쌓인 손수레 좌판이 눈에 띈다. 추억의 과자들이 가득하다.

자석에 이끌리듯 좌판에 다가선다. 알록달록한 젤리부터 달달하고 부드러운 상투과자까지 없는 게 없다. 그 앞에 서니 분홍빛으로 기억되는 내 유년시절이 화사하게 피어오른다.

군항 도시 진해의 봄은 벗꽃으로 시작되었다. 꽃망울이 터지면 상춘객들이 전국에서 몰려들었고 사진사였던 아버지는 무척 바빴다. 꽃비가 내릴 때까지 발이 부르트도록 꽃놀이 객들에게 사진을 찍어 주며 돈을 벌었다.

상춘객들은 벗나무 아래서 활짝 핀 꽃처럼 환하게 웃으며 카메라를 바라보았고 아버지는 그 순간을 놓칠세라 정성껏 셔터를 눌렀다. 벗꽃장에서 만난 사람들의 즐거운 모습을 아버지는 매일매일 카메라에 담아 왔으며 해질녘이면 우리를 위해 봉지 가득 과자를 담아 왔다. 대문간에 기척이 들리면 동생들은 우르르 몰려 나갔다. 아버지 손에 들린 과자 봉지를 맞이하기 위해서였다.

짙은 구릿빛이 된 아버지 얼굴은 봄날을 바쁘게 보냈다는 흔적이었다. 농부에게 농한기가 있듯 아버지에게는 군항제가 끝이 나야 비로소 쉴 수 있는 여유가 생겼다. 꽃이 지고 나면 우리 집 곳간은 가득 찼고 밥상에는 차르르 기름기 도는 찬들이 자주 올랐다. 봄 장사를 잘 끝내어 살림은 윤택해졌지만 그 대가로 아버지는 된통 몸살을 앓았다. 여름이 오기 전에 몸을 잘 추슬러 힘을 북돋우어야 했다.

술을 즐기지 않는 아버지는 대신 달콤한 군것질거리를 즐겨 드시며 피로를 풀었다. 이 무렵 우리 집에는 여느 때보다 고급스러운 간식이 많았다. 아버지 덕분에 사남매는 일찍부터 양과자를 맛보는 호사를 누렸다. 지금이야 먹을거리가 지천으로 널려 있지만 그때는 그러지 못했다.

그 시절 우리는 시내 중심가에 살았는데 사진관 바로 옆에 시계포가 있었고 구둣방과 모자 가게를 지나면 양과자점이 나왔다. 그 양과자점은 아버지의 단골 가게였다. 양과자를 먹었던 시절이 아버지의 전성기였고 우리 집의 봄날이었다. 짧은 봄처럼 우리 집의 봄날도 그리 오래가지 않았다. 조금만 힘을 내면 고지에 올라설 수 있을 것 같은데 팔부 능선에서 주춤주춤 더 오르지 못하고 미끄러지는 날이 많아졌다. 주저앉은 바닥에서는 고소하고 달달한 양과자를 더이상 맛볼 수 없었다.

양과자가 사라진 우리 집에는 수제비와 김칫국으로 끼니를 때우는 날들이 많았다. 해마다 만개하여 절정을 맞이하는 벚꽃과는 달리 아버지에게 그런 시절은 다시 돌아오지 않았다. 사춘기 무렵 제때에 학비를 내지 못해 쩔쩔맬 때면 아버지를 원망하기도 했었다.

벚꽃이 구름처럼 몽글몽글 피어나면 사람들은 눈부시게 아름다운 꽃을 향해 탄성을 지르지만 나는 그저 먹먹해서 애잔한 마음이 앞선다. 화사한 꽃그늘 사이로 구릿빛 얼굴을 한 아버지 모습이 언뜻언뜻 비치기 때문이다. 같은 꽃밭 속에 있어도 누군가는 화려한 외출이 되고 또 누군가는 밥을 버는 생활의 터전이 된다는 것을, 인생의 봄날은 누구에게나 그리 길지 않다는 것을 그때는 알지 못했다.

장터 좌판에서 팔리고 있는 과자를 보니 격세지감을 느끼지만 양과자는 지금도 내게는 최고급 과자임에 틀림없다. 이밥과 고깃국, 양과자로 호강했던 시절은 그 기억만으로도 넉넉하고 따사로웠던 내 유년을 떠올릴 수 있어 행복하다. 오래된 맛의 기억이나 마음에 담긴 풍경은 아릿하거나 행복하거나 그리운 이야기들이 함께 들어 있다. 그것은 추억의 타임캡슐이다.

시골 장터에서 나도 아버지처럼 과자를 봉지 가득 담는다. 다시 돌아가지 못할 그 시절이 아지랑이 되어 피었다 신기루처럼 사라진다. 꽃 진 자리에 초록 잎이 돋아나고 또다시 봄은 돌아오건만 한번 떠난 아버지는 지금껏 돌아오시지 않고 있다.

모차르트, 그의 집 앞에서

그의 고향으로 가는 날이다. 전날 밤 비엔나 음악회에서 그의 〈세레나데 13번〉과 잠시 조우했기에 아침까지 들뜬 기분이 이어진다. 호텔을 나설 때 꽃단장한 나를 보고 일행들이 무슨 날인가 궁금해한다. 딱히 할말이 없어 미소로 대답을 대신하고 차에 오른다.

잘츠부르크로 가는 버스는 여행객들에게 알프스산을 선사하며 달린다. 창밖으로 펼쳐진 풍경에 눈을 뗄 수 없다. 만년설이 내려앉은 산 아래 낮은 집들이 맑은 햇살로 아침을 맞이하고 있다. 동화 속 나라처럼 예쁘고 평화롭다. 오랫동안 동경했던 곳에 와 있다는 것만으로도 가슴 뭉클한 감동이 인다. 그 마음 채 가시기도 전에 잘츠부르크에 들어선다.

중세 유럽의 모습을 고스란히 간직한 석조 건물들이 도시의 역사를 말해 준다. 그의 집을 찾아가는 길목에 이십 세기 최고의 지휘자 헤르베르트 폰 카라얀의 생가도 있다. 잘자흐강이 흐르는 다리 난간에 자물쇠가 빼곡히 채워져 반짝인다. '사랑의 다리'라고 한다. 도로 하나를 건너니 그의 집 앞이다. 그를 알고 지낸 지 수십 년 만에 그가 살았다는 집 앞에 와 있다.

이십 대 초반에 모차르트를 처음 만났다. 고전 음악에 문외한이었던 그때, 직장 동아리에 '고전음악감상회'가 있었다. 클래식의 세계는 어떤 것일까 호기심이 일어 회원이 되었다. 일주일에 한 번, 선정된 곡의 전 악장을 해설과 더불어 감상했다. 교향곡이나 협주곡의 전곡을 들으려면 한 시간은 족히 걸렸다. 어렵고 지루하게만 느껴지던 고전 음악이 서서히 좋아졌다. 반복된 학습에 귀가 열리기 시작했고 어느 순간부터 클래식의 매력에 빠져들었다. 그중에서도 유난히 그의 음악이 내 마음을 사로잡았다.

음악을 듣다가 좋다 싶어 찾아보면 거의 그가 지은 곡들이었다.

모차르트는 '반짝반짝 작은 별'로 잘 알려진 〈주제에 의한 12개의 변주곡〉, 경쾌하고 발랄한 〈터키 행진곡〉, 눈물겹도록 아름다운 〈클라리넷 협주곡〉, 듣고 있으면 인생이 행복해진다는 〈교향곡 41번 주피터〉, 감미로운 선율에도 애잔함이 묻어나는 〈피아노 협주곡 21번 2악장〉, 비 내리는 날 홀로 들으면 감상에 빠지기 좋은 〈교향곡 40번〉 등 열거하자면 수도 없이 많은 명곡을 남겼다.

결핍에 대한 보상 같은 것이었을까. 하고 싶었던 것을 포기하고 가장 아닌 가장 노릇을 해야 했던 시절, 자칫 우울감에 빠질 뻔한 내 청춘은 그의 음악을 통하여 많은 부분이 해소되었다. 하여 만날 수 없는 그를 열렬히 사랑했다. 비극적인 그의 생을 다룬 영화 〈아마데우스〉를 보기 위해 서울까지 갔을 정도니까.

채워지지 않는 헛헛한 마음을 모차르트의 음악으로 위로 받으며 청춘기를 보냈다. 음악이 사람의 마음을 얼마나 풍요롭게 할 수 있는 것인지 경이로워하며 LP판을 사 모으고 연주회장을 찾아다녔다. 그를 의지하고 사랑했지만 그때는 감히 그의 고향을 찾아간다는 꿈을 꾸지 못했다.

수십 년이 흐른 뒤, 그의 숨결이 스며 있는 집 앞에서 그를 기린다. 천재 예술가들은 생전에 왜 그렇게 가난하고 불행하게 살다 갔을까. 시대를 잘못 찾아온 미래의 선자였기 때문인지도 모른다. 생가 건물 오른쪽에 오스트리아 국기가 길게 드리워져 있다. 세상에 영향력을 많이 끼친 사람일수록 길이가 길다고 한다. 지금의 그런 대우가 그에게는 과연 얼마나 큰 위안이 될 것인지 궁금하기만 하다.

맑고 유쾌하고 웅장하며 화려한 그의 음악 세계와는 달리 모차르트의 삶은 순탄하지 못했다. 일찍이 음악의 신동임을 알아차린 그의 아버지는 아들을 위해 자신의 음악을 포기하고 그를 지극정성으로 키워냈다. 모차르트는 유럽 전역을 돌며 연주 여행을 다녔다. 가는 곳마다 새로운 음악을 접하며 자신의 음악 세계를 넓혀갔다. 한 곳의 독특한 음악을 고수하기보다 두루 받아들였기에 그의 음악은 보편적이고 항구적인 작품으로 평가받는다.

머릿속에서 작곡한 곡을 한 번에 옮겨 적었다는 천재성으로 다양한 장르의 곡을 육백여 곡이나 남겼지만 모차르트는 서른다섯 짧은 생을 살다 갔다. 그는 앞서 나갔고 주어진 현실은 그를 따라주지 못했다. 사람들이 가장 편안하게 느끼는 경쾌한 리듬과 멜로디로 곡을 썼던 모차르트는 자신을 제대로 알아주지 않는 고향 잘츠부르크를 떠나고 싶어했다. 어렵게 비엔나로 간 그는 그곳에서 작품 활동을 하며 명성을 쌓아갔지만 생활고에서 벗어날 수 없었다.

어느 날 누군지도 모르는 사람이 의뢰한 '레퀴엠'을 작곡하다가 미처 완성하지 못하고 의문 가득한 죽음을 맞았다. 비 내리는 날, 모차르트의 시신은 공동묘지 구덩이에 아무렇게나 던져졌다. 비엔나에 있는 그의 묘소는 빈 무덤으로 남아 있다.

잘츠부르크는 날마다 인파들로 북적댄다. 세계의 관광객들이 그의 생가를 찾고 모차르트 카페에서 차를 마신다. 관광객이면 누구나 모차르트 초콜릿을 사 간다. 그뿐이랴. 가게마다 그의 이름을 내건 기념품들이 팔려 나간다. 나는 그의 얼굴이 새겨진 머그컵을 하나 샀다. 처음 그를 만났던 청춘은 내게서 멀어졌는데 그는 아직도 젊은이로 머물러 있다.

잘자흐강 아래 역사를 간직한 석조 건물들이 물구나무로 서서 그를 그리던 이방인의 발길을 붙든다. 벤치에 앉아 강물을 바라보며 이백오십 년 전의 그를 생각한다. 짧은 생의 궤적은 음악으로 꽉 차 있다. 그토록 많은 명곡을 남긴 것은 음악에 대한 순수한 열정, 그것에 다름 아닐 것이다. 이미 많은 것이 사그라진 중년의 나는, 작은 온기라도 품어 내 삶의 무늬를 따뜻하게 엮을 수 있다면, 평생 단 한 번이라도 절창을 부를 수 있다면 얼마나 좋을까.

'고전'이라는 이름의 위대함에 경의를 표한다. 잔잔한 물결 위로 맑고 아름다운 클라리넷 선율이 몸을 포개며 흘러간다. 그의 숨결과 음악적 영감이 깃들어 있는 이곳에서 그와 교감해 보려 온몸의 기를 모은다.

어느덧 어둠이 깔리기 시작한다. 오래 머물지 못하는 아쉬움을 뒤로한 채 천천히 걷는데 강변 어디선가 〈아이네 클라이네 나하트 뮤직〉이 저녁노을과 함께 나를 따라오고 있다.

우동탕

우리 동네 목욕탕이 문을 닫는다고 했다. 이십 년 넘게 동네 사람들이 이용하던 오래된 목욕탕은 헬스장과 함께 있어 운동을 열심히 하던 한때는 매일 드나들던 곳이었다.

코로나19로 한동안 목욕탕 이용을 자제했었다. 그런 중에 발목 수술을 한 딸이 반신욕을 하면 재활에 도움이 된다기에 월 목욕을 하기로 했다. 일 년도 훨씬 넘어서 다시 찾은 목욕탕은 부쩍 낡아 보였다. 손님도 예전 같지 않게 줄어 있었다. 코로나19의 여파려니 했다.

어느 날 목욕탕 입구에 한 달 후 문을 닫는다는 안내문이 붙어 있었다. 경영 악화로 무기한 휴업에 들어간다는 것이다. 아파트가 밀집된 동네라 경영 악화라는 것에 고개가 갸웃거려졌다. 아파트 주민들을 기반으로 고정 손님이 많았기 때문이다. 휴업 안내문을 보고 난 뒤부터, 레임덕이 온 것처럼 목욕탕은 왠지 어수선하고 청소도 제대로 안 되어 있을 때가 많았다.

전부터 지인들이 낡은 헬스장 기구도 바꾸고 목욕탕도 말끔하게 수리 좀 하라며 주인에게 누차 귀띔을 했다고 한다. 이러다 다른 곳에 손님 다 빼앗긴다고 애정 어린 조언을 했지만,

"가까운 데가 최고지. 갔다가 다 다시 오더라."

라며 배짱을 부렸다. 거기에 보태어 이곳의 지하수 수질이 좋다는 평판을 듣고 있었다. 주인이 배짱을 부릴 만도 했다.

집에서 엎어지면 코 닿을 데 있는 '우동탕'은 나 역시 단골이다. 목욕탕이 문을 열고부터 다니고 있으니 평생 고객이라 해도 무방했다. 하지만 단골치고는 목욕탕의 독특한 문화에 쉽게 휩쓸려지지는 않았다. 안경을 벗은 채 목욕탕으로 들어가는 나는 사람 얼굴을 구별하지 못했다. 아는 사람도 그냥 지나치기 일쑤여

서 자주 핀잔을 들었다. 어느 순간부터 인사를 하지 않았다. 아니, 못했다. 인사성 없는 사람이라 오해를 받았지만 앞앞이 사정을 말할 수도 없어 딱히 오해를 풀려고 노력하지 않았다. 하여 그들 무리에 좀처럼 낄 수도 없었다. 대신 관찰자 입장이 되었다.

동네 목욕탕에는 지킴이들이 있다. 그들은 매일 목욕탕으로 출근을 한다. 새벽조, 아침조, 오후조, 저녁조로 나뉘어 날마다 만난다. 적나라하게 벗고 매일 만나서 그런지 그들의 친밀도는 견고하기 이를 데 없었다. 목욕탕 지킴이들은 그들만의 문화를 만들어갔다. 날마다 얼음 가득한 커피를 나누어 마시고 기분 좋은 일이 있으면 박카스를 돌렸다. 가끔 다툼이 생기기도 했지만 다져진 세월 속에 애경사가 생기면 거울 앞에 방을 붙였다. 기쁨도 슬픔도 함께 나누었다.

'우동탕' 지킴이들의 텃세는 대단해서 그들이 정해 놓은 규칙을, 새로 온 손님이 멋모르고 어기기라도 하면 바로 지적을 당했다. 가령 족욕을 하려고 앉을 때는 깔개나 타올을 깔아야 하는 규칙이 있는데 흘리는 땀이 탕으로 들어간다는 것이 이유였다. 지켜보던 나는 반신욕할 때 탕 안에서 흘리는 땀은 어찌되냐고 되묻고 싶어 입이 근질거렸지만 '우동탕' 법도 법인지라 입을 꾹 다물 수밖에 없었다. 둥근 탕 둘레에 스크럼을 짜듯 둘러앉은 '우동탕 지킴이'들을 보면 감히 그 벽을 뚫고 탕에 들어갈 엄두가 나지 않았다. 잘 모르는 사람에게는 자리를 내줄 수 없다는 듯 완강하고도 배타적인 등판들이 무섭게 느껴지기도 했다. 늘 가는 나도 이런 기분인데 딸은 처음 맞딱뜨린 모습에 몹시 당황스러워했다. 이뿐만이 아니었다. 탈의실 옷장도 출근하는 지킴이들의 전유물이 되어 어쩌다 한 번씩 오는 손님들에게 불편을 주었다.

목욕탕 탈의실에는 음료수를 팔고 등도 밀어주는 이모가 있다. 그녀는 탈의실 제반 시설까지 관리를 하였다. 그녀 역시 개업 당시부터 근무한 사람이라 위세당당하여 반주인 노릇을 했다. 때가 둥둥 떠다니는 탕 안의 물을 새로 받기라도 하면 불호령이 떨어졌다. 아직 물을 갈 때가 아니라는 것이다. 손님들이 눈치를 보며 목욕탕을 이용했다.

참으로 이상한 우리 동네 목욕탕이었다. 주인은 이 지역에서 내로라하는 부자라고 했다. 재투자하여 새롭게 단장할 만도 한데 배짱을 부렸다. 개성 강한 지킴이들은 새로운 손님들에게 배타적이었으며 탈의실의 이모는 이인자처럼 굴었다. 그럼에도 불구하고 곧 문을 닫는다고 하니 당장 어디로 가야 할지 몰라 탕에 모인 지킴이들은 날마다 푸념을 하며 심란해했다. 관리를 잘했더라면 손님이 이렇게 줄지는 않았을 것이라며 지나간 버스 뒤꽁무니에서 내뿜는 연기처럼 긴 한숨을 내쉬었다. 이렇게 만든 대상을 찾아 열심히 입방아를 찧어댔다. 당신들도 목욕탕 문 닫는데 한몫을 했다고 알려 주고 싶은 심정으로 그들을 바라보았다.

이런 일련의 상황이 다소 불편했지만 동네 목욕탕이니까 그러려니 하며 다녔다. 하지만 '우동탕'이 딸의 눈에는 너무나 이상하게 비쳐진 것 같았다. 잠깐 있다 갈 것이라 참고 다녔다면서 이런 곳에 두 번 다시 가고 싶지는 않다고 했다.

나이든 주인은 시대의 흐름을 제대로 읽지 못하고 변화하지 못했다. 과감하게 투자하여 시설을 새롭게 정비했더라면, 경영의 묘를 살렸더라면 어땠을까? 진부한 생각을 바꾸지 못하면 도태될 수밖에 없다. 각각의 기득권자들의 횡포가 빚어낸 결과로 '우동탕'은 쇄신의 기회를 맞이하지 못하고 결국 문을 닫고 말았다.

브런치 콘서트

공연장에 들어섰다. 백 석 남짓한 지하 공연장은 아담했다. 시
간이 되자 관객들이 속속 모여들었고 나는 기연미연한 마음으로
자리에 앉았다.

챌리스트와 기타리스트가 무대로 나왔다. 연주가 시작되고 무
심히 음악을 듣던 나는 화들짝 놀랐다. 〈아르페지오네 소나타〉
를 여기서 듣게 될 줄이야! 이 곡은 젊은 한 시절 우울감에서 헤
어나지 못할 때 즐겨 듣던 곡이었다. 컴컴한 동굴 속에서 한 줄
기 빛을 따라가듯 마음이 저절로 선율에 이끌려갔다. 교향곡이

나 협주곡처럼 웅장하지 않았지만 첼로와 기타만으로도 충분히 감동적이었다.

멋진 앙상블에 객석에서는 연신 브라보를 외치고 앙코르를 청했다. 브런치 콘서트는 깊숙이 가라앉아 있던 내 묵은 시간을 끌어올려 마른 가슴을 촉촉하게 적셔 주었다. 기대 이상의 연주를 감상할 수 있어 더없이 행복했다. 작은 무대 큰 연주, 짧지만 크나큰 울림을 선물 받은 소중한 시간이었다.

평일 오전에 하는 콘서트는 관객이 극히 제한적이라 수준급의 연주자가 올까 내심 미심쩍었다. 연주회의 격이 다소 떨어질 거라는 선입견을 가졌다. 이름만 대면 누구나 아는 연주자만이 좋은 연주를 들려줄 것이라는 생각에서 벗어나지 못했다. 그런데 이 생각은 여지없이 깨졌다.

지난가을 이 지역 예술제 서막식에 간 적이 있다. 그때도 지금처럼 마음 밑자락에는 지방 예술인들을 살짝 낮잡아 보고 공연장을 찾았다. 대중음악부터 가곡, 무용, 판소리 등 다채로운 공연은 구성도 알차고 밀도도 높아 넓은 공연장을 꽉 메운 관객들로부터 많은 박수를 받았다.

그때 나는 남몰래 얼굴을 붉혔다. 내가 도대체 무엇을 제대로 보며 살고 있는지 한심한 생각마저 들었다. 베스트셀러라고 다 좋은 책이 아니듯 유명인의 작품이나 연주만이 최고가 아니라는 것을 머리로만 알고 있었던 것은 아닐까 싶었다. 열정을 가진 예술가라면 누구나 최고의 무대를 위해 최선을 다하지 않던가.

명성만을 좇아가는 저급한 사람이 바로 나였으며 그것은 안목의 부재에 다름 아니었다. 내 머릿속의 고정된 생각, 제대로 보거나 알려고 하지 않는 것이 보는 눈을 키우지 못하게 하는 걸림돌이었다.

살아가면서 제 틀에 갇혀 자신의 알량한 생각만으로 세상을 얼마나 멋대로 재단해 왔을까. 아르페지오네 소나타의 여운이 등 뒤에서 서성대는 지하 계단을 오르며 나는 또다시 낯이 뜨거워졌다.

너도 눈부시고 나도 눈부시다

사랑했던 시간을 뒤에 두고 가만히 생각해 본다. 늘 그랬다. 바라
보는 입장에서 너는 언제나 눈부셨고, 나는 언제나 눈물겨웠다.

선로를 잠시 벗어나 보았지만 결국 다시 돌아와 너의 언저리에
맴돌고 있는 나 자신과 마주했다. 너를 과감하게 밀쳐내지 못하
는 나를 질책하면서 힘겨워했지만 너는 늘 아무렇지도 않았다.
너는 눈부시고 나는 눈물겹더라도* 가던 길을 걸어갈 수밖에 없
었다. 그 길을 먼저 걸어갔거나, 나를 바라보는 그 누군가의 저는
눈물겹도록 나를 눈부시게 바라볼지도 모를 일이므로.

운주사를 보기 위해 나선 길이었다. 온 세상이 꽁꽁 얼어붙은 십이월 중순, 화순에는 눈이 펑펑 쏟아지고 있었다. 눈 구경하기 힘든 따뜻한 남쪽에 사는 일행들은 축복받았다며 황홀해했다. 아린 마음 잠시 접어 두고, 떠나온 곳도 잊은 채 눈밭의 한 풍경이 되어 강아지처럼 천진스레 뛰어다녔다. 하얗게 덮인 시골 동네를 발 푹푹 빠트리며 한없이 걸었다. 다음날 운주사 행이 걱정되었으나 아무렴 어떠랴. 지금 이 순간의 행복에 마음껏 취할 수 있다면.

변수가 생길수록 여행의 묘미는 배가 된다. 계획대로 되지 않는다고 마음 졸일 필요 없다는 것을 좀더 일찍 알았더라면 덜 눈물겹게 살았을지도 모르겠다.

목화솜 같은 눈이 마을의 흔적을 지울 듯 끊임없이 내렸다. 하염없이 내리는 눈을 원도 없이 맞고 숙소에 드니 얼었던 몸이 사르르 녹았다. 저녁밥에 막걸리가 따라 나왔다. 한 사발 들이켜자 삭신이 녹작지근해졌다. 기분 좋은 피로가 몰려왔다.

달게 자고 난 여행지의 아침, 눈 덮인 창밖의 풍경을 바라보며 뜨거운 커피를 마시는데 문득 드는 생각, 적어도 이 순간만

큼은 어디선가 보고 있을 너도 눈부시고 나도 눈부신 존재가 아닐까.

너를 짝사랑하다 마음에 뚫린 구멍으로 아리고 시린 바람이 불던 시간에 마침표를 찍는다. 이제는 내 방식으로 뚫린 구멍을 메우고 아린 마음 다독이며 이 길을 걸으면 될 것도 같다. 젊음도 사랑도 어차피 바람처럼 지나가지 않던가. 지나간 시간을 담담하게 바라볼 수 있을 때 잘 익은 와인처럼 좀더 깊어진 눈으로 세상을 읽을 수 있겠지. 그렇게 된다면 단 한 편이라도 절창을 부를 수 있으리.

겨울 서정에 충만해진 나는 여장을 꾸려 숙소를 나섰다. 길이 얼어 무척 조심스러웠으나 운주사에서 와불께 인사할 수 있었다. 마을에 눈이 그치자 얼룩진 내 마음에 눈이 내렸다. 모든 것은 지워졌다. 다시 시작이다.

* 이정하 시인의 시에서 인용.

여우는 살아있다

모임에서 여름 캠프를 가는 날이었다. 태양이 이글대는 푸른 바다가 목적지였기에 일행들의 복장은 원색으로 화려했다. 버스 타는 곳에서 만난 그녀도 예외는 아니었다. 그런데 아침 일찍 나서느라 귀걸이를 빠뜨리고 왔다며 호들갑을 떨었다. 늘 착용하던 귀걸이를 하지 않으니 옷 하나를 입지 않은 것처럼 허전하다고 했다.

그녀가 어딘가로 전화를 했다. 잠시 후, 승용차 한 대가 다가와 무언가를 건네주고 사라졌다. 남편이 귀걸이를 갖다 주고 간 것이었다. 주위에 있던 일행들은 현장을 목격하고도 눈을 의심했다. 일박 이일 동안 놀러 가는 아내를 위해 귀걸이를 챙겨 오다니! 보기 쉽지 않은 놀라운 광경이었다.

처음 보았을 때부터 그녀의 분위기는 범상치 않았다. 시선을 끌기에 충분한 머리 모양 때문이었는데 어깨까지 흘러내린 곱실한 파마머리에 알록달록한 머리핀이 꽂혀 있었고 가늘게 땋아 내린 양쪽 옆머리 끝에는 방울 달린 색 고무줄이 묶여 있었다. 얼핏 봤을 때는 급하게 나오느라 손녀 핀이라도 꽂은 줄 알았다. 그런데 그게 아니었다. 만날 때마다 같은 모습이었으며 남의 시선 따위는 아랑곳하지 않았다. 신기하기도 하고 이상하게도 보였지만 그저 독특한 취향의 소유자라 여기며 호기심을 눌렀다.

남해로 가는 버스 안에서 옆자리에 앉은 K와 '귀걸이 전달 사건'에 대해 얘기를 나눠 봤지만 아무리 생각해도 우리 깜냥으로는 해석이 잘 되지 않았다. 신혼도 아닌, 몇십 년 산 부부가 저럴 수도 있나 싶었다. 필시 그녀의 남편은 아내를 무서워하는 경처가이거나 아내 말 한마디에 꼼짝하지 못하는 공처가가 분명하다는 결론을 내렸다.

간간이 소나기가 지나갔지만 여름 바다는 푸른 바람과 흰 파도로 우리를 맞이했다. 하늘과 바다가 맞닿은 수평선을 눈앞에 펼쳐 두고 준비해 간 점심을 먹었다. 집 나온 중년 여인들은 소녀처럼 들떠 보였다. 귀걸이를 달지 못해 허전하던 그녀의 귀가 유난히 반짝였다. 버스 떠나기 전, 남편에게 건네받은 귀걸이를 달고 즐거워하는 모습을 보니 아침의 일이 떠올라 기어이 한마디하고 말았다.

"자기, 참 대단하다. 어쩜 남편에게 귀걸이를 갖다 달라 할 수 있냐? 갖다 주고 간 그 댁 서방님은 더 대단한 것 같아."

나는 잠든 남편이 깰까 봐 조심조심 신경 쓰며 나선 길이었다. 오십 대는 집을 떠날 때 '허락'을 받는 것이 아니라, '통보'만 하면 된다는 우스갯말이 있지만 속마음은 꼭 그렇지도 않았다. 나뿐만이 아니라 다들 남편의 눈치를 살피며 나왔다고 했다. 그런데 그녀는 아닌 것 같아 호기심이 발동했던 것이다.

그녀는 귀걸이를 챙겨다 준 남편에게 문자로 아낌없는 칭찬과 애교 넘치는 사랑의 마음을 전했다고 했다. 듣고 있던 여인들이 같이 늙어가는 마당에 그게 그렇게 되냐며 닭살 부부네, 오글거리네 하며 야단들이었다. 우리는 점점 여성성을 상실해가는 중년들이었기에 '내 안의 여우'는 이미 사장死藏되어 버린 터였다. 그 속에서 그녀만 딴 세상 여인 같았다. 단내 풀풀 날 것 같은 문자가 몹시 궁금했다. 그녀는 문자 화면을 열어 내게 내밀었고 나는 소리 내어 읽기 시작했다.

"자기야, 오늘 아침에 정말 감동의 물결이었어. 귀찮았을 텐데 내 전화 받고 귀걸이 바로 갖다 줘서 얼마나 고마웠는지 몰라. 일행들이 자기 최고라며 난리도 아니었어. 따랑해~~ 잘 다녀올게. 근데 자기가 급 보고 싶어지네. 오떡하지?"

문자 말미에는 하트도 여러 개 찍혀 있었다. 읽던 나도, 듣던 일행도 온몸에 닭살이 돋고 손발이 오그라들어 허리를 펼 수 없었다. 정작 그녀는 아무렇지도 않은 듯 해맑게 웃었다. 특별할 것 없는 일상의 모습이라는 듯이.

그녀는 여우였고 그러지 못하는 우리는 곰이 된 것 같았다. 아내의 애교 넘치는 문자를 받고 입꼬리가 올라갔을 그녀의 남편이 떠올랐다. 어쩌면 입에 발린 말인 줄 번연히 알면서도 그런 아내가 사랑스러울 것이었다. 그것은 행복해서 웃는 것이 아니라 웃으니까 행복해진다는 말처럼, 식어가는 사랑에 최면을 거는 것과 같은 이치가 아닐까 싶었다. 서로 필요한 말만 단답형으로 주고받는 우리 부부와 비교가 되지 않을 수 없었다.

나도 신혼 때는 뚝뚝한 곰은 아니었다. 그렇다고 애교가 철철 넘치는 사람은 더욱 아니었다. 나름대로 상냥한 편이었으나 손바닥도 마주쳐야 소리가 나듯이 하루에 몇 마디 하지도 않는 남자와 한세월 살다 보니 병아리 눈물만큼 남아 있던 상냥함마저 휘발된 지 오래였다. 부부는 수평적인 관계라고 생각하는 나는, 남편에게 앞으로도 여우짓 따윈 결코 하지 못할 것이지만 그날따라 집에 홀로 남겨진 남편에게 살짝 미안한 마음이 들었다. 그것은 순전히 내 앞에서 살랑대는 여우 때문이었다.

'귀걸이 전달 사건'을 계기로 평소보다 그녀와 이야기를 많이 나누게 되었다. 하지만 머리핀과 고무줄에 대해 물어보지는 못했다. 내 상식의 잣대를 벗어난다고 그녀의 취향까지 관여할 일은 아닌 것 같아서였다.

여름 캠프 후 정산 보고를 하는 날은 그날의 보너스처럼 우리에겐 특별하고 그녀에겐 일상인 이야기를 듣게 될 것이다. 닭살

을 제거할 수 있도록 미리 대패도 준비하고 배꼽 단속도 해두어
야 할 것 같다.

텀블러 그만 사기

새해가 밝았다. 소통하며 지내는 커뮤니티에서 새해 소망을 나누게 되었는데 다들 비슷비슷하고 상투적인, 그러나 가장 중요한 소망을 말했다. 압도적으로 많은 것이 '건강'이었다. 그런 중에 눈에 띄는 소망 하나가 있었다. '텀블러 그만 사기'였다. 그이는 일명 별다방이라고 불리는 스타벅스의 덕후로 특히 그곳에서 새로 나오는 텀블러를 빠짐없이 샀던 모양이다. 얼마나 샀으면 '텀블러 그만 사기'가 새해 소망이 되었을까?

요즘은 종이컵이니 플라스틱 일회용품을 줄이기 위해 지속적으로 쓸 수 있는 텀블러 사용을 권장하고 있다. 이런 사회적 분위기 때문에 주방 서랍마다 굴러다니는 장바구니처럼 텀블러 또한 내남없이 몇 개씩은 가지고 있다. 행사 기념품으로 나누어 주는 곳이 많아서 처음에는 주는 대로 받아 왔지만 언젠가부터 받지 않았다.

텀블러는 일반 컵보다 크기 때문에 장바구니만큼 소지하기는 쉽지 않다. 이런 이유에서인지 텀블러 실사용 비율은 30%에 불과하다고 한다. 하지만 좀 편하자고 일회용품을 쓰고 싶지 않아 나는 에코 백에 텀블러를 넣어 다닌다. 좀은 귀찮고 잘 챙겨지지 않지만 환경에 대해 고민하기 때문에 기꺼이 실천하려고 애를 쓴다. 모든 사람이 동참하는 것은 아니지만 점점 많은 사람이 인식을 같이하고 있다는 것을 느낀다.

카페에 텀블러를 가지고 가면 커피 값을 몇백 원 할인해 주는 곳들이 있다. 별다방도 마찬가지다. 서로를 위해, 환경을 위해 좋은 일이라 흐뭇한 마음이 되는 것은 물론이며 '윤리적이고 지속가능한' 환경 지킴이로 좋은 기업 이미지를 인식시킨 것도 사실이다.

텀블러는 주로 스테인리스 재질이라 깨질 염려도 없고 잃어버리지만 않으면 거의 영구적으로 사용할 수 있다. 그러니 여러 개 있을 필요가 없는 것이다. 그런데 별다방에서는 시즌마다 신박한 아이템으로 새로운 텀블러를 선보인다. 별다방 덕후들은 신제품이 나오기 무섭게 곧바로 텀블러를 새것으로 개비한다. 그럼 전에 사용하던 것은 어떻게 되는 것일까? 주방의 전시용품이 되기 십상이며 시간이 흐르면 쉽게 버리지도 못하는 '예쁜 쓰레기'가 되고 마는 것이다. 물론 좋아하는 것을 수집하고 소장하는 것을 나무랄 수는 없는 일이지만 일단 환경적인 차원에서 함께 고민해 보고 싶은 것이다.

텀블러뿐일까? 물질이 풍부해진 탓에 집안에 사용하지 않고 자리만 차지하고 있는 물건들이 수두룩하다. 나의 새해 소망은 몇 해 전부터 '가볍게 살자.' 정도이다. 용도가 같은 물건은 한 가지 이상 가지지 않으려고 애쓴다. 그러다 보니 물건을 살 때도 신중해지는 자신을 보곤 한다. 그러한데도 집안에는 불필요한 물건이 자꾸 쌓인다.

이윤을 추구하는 기업의 입장도 이해 못하는 것은 아니나, 텀블러를 사용하게 하는 본질은 어디 가고 '윤리적인 척', '지속가능한 환경 살리기에 동참하는 척' 하는 '그린 워싱' 행태는 비판받아 마땅한 일이다. 시즌마다 신상품으로 소비자를 유혹하여 끊임없이 텀블러를 구매하게 하는 이중성은 과연 환경을 생각한다고 말할 수 있는가? 텀블러 제조과정은 일회용 컵을 만들 때보다 온실가스 등과 같은 환경 오염 물질을 더 많이 배출하는 것으로 알려져 있다.

전도몽상顚倒夢想이라는 말은 본질이 전도된다는 의미를 가진다. 더 쉽게 말하면 주객이 바뀐다는 뜻이기도 하다. 국내 굴지의 커피 제조업체 카누 굿즈 마케팅도 비판을 받고 있다. 10년 전 카누 브랜드를 선보인 후 130여 종에 달하는 굿즈(머그컵과 텀블러)를 내놨다. 월 단위로 환산하면 매월 하나씩 새로운 굿즈를 내놓은 셈이다. 지나친 사은품 행사를 하며 소비를 촉진시킨다. 굳이 만들지 않아도 되는 굿즈를 자주 만들어 커피를 사면 끼워 준다. 앙증맞고 예쁜 굿즈를 가지기 위해 아직 남아 있는 커피를 두고 또 커피를 구매하게 하는 것이다. 예쁜 단추 때문에 원피스를 사는 격이다.

돈을 주고 산 적이 없는 텀블러가 우리 집 주방에도 많이 있다. 선물 받은 것, 행사장에서 받은 것, 애들이 쓰다가 두고 간 것, 어디서 왔는지도 모르는 것 등인데 하나만 있어도 되니 어떤 것은 깨소금 통으로 용도가 변경되었다.

새해 소망으로 압도적 1위를 차지한 '건강'을 위해서라도 가볍게 살 필요가 있다. 하여 똑똑한 소비자가 되어야 한다. 가짜 '친환경러'는 되지 말아야 하니까. '텀블러 그만 사기'를 말한 그이도 아마 이런 저런 생각이 많아져서 새해 소망으로 올려놓은 것이리라.

2부 머그컵 프롬나드

이 년 넘게 코로나가 지속되면서 사람들의 일상에 많은 변화가 생겼다. 바깥 활동이 줄어들어 집에서 보내는 시간이 많아진 나 역시 새로운 습관이 생겼는데 커피 마시는 시간이 전에 없이 길어졌다는 것이다. 그날의 머그컵을 고르고 원두를 갈아 커피를 내리며 날마다 시간 여행을 떠나고 있기 때문이다.

키오스크 울렁증

밖에서 일을 보다가 끼니를 놓쳤다. 일을 볼 때는 점심 시간이 지난 줄 몰랐고 배가 고프지도 않았다. 일을 끝내고 나니 순식간에 허기가 졌다. 혼자 식당에 가기도 뭣해서 두리번거리는데 마침 햄버거 가게가 눈에 띄었다.

　햄버거 가게에 들어서니 문 앞에 무인 주문대가 벽처럼 버티고 서서 들어오는 사람들을 맞이했다. 내 앞에 몇 사람이 주문 중이었고 내 뒤를 따라 누군가 줄을 섰다. 순간 갈등이 일었다. 기다려서 더듬거리며 주문을 해야 할까? 돌아서서 나와야 할까? 긴

장한 나머지 갑자기 허기가 사라졌다. 나는 전화기를 꺼내 들고 급한 일이 생긴 척하며 햄버거 가게를 나오고 말았다.

어느 날부터 곳곳에 무인 주문대가 부쩍 늘어났다. 공공시설은 말할 것도 없고 동네 작은 가게에도 깊숙이 들어와 있다. 무인 주문대, 즉 키오스크는 공공장소에 주로 설치된 터치스크린으로 된 정보 전달 시스템을 말하며, 간이 판매대나 소형 매점을 의미하기도 한다. 최근에는 공공장소에서 무인 자동화를 통해 주변 정보 안내나 버스 시간 안내 등 '일반 대중들이 쉽게' 이용할 수 있는 무인 정보 단말기를 지칭하면서 활용 범위가 넓어졌다.

'일반 대중들이 쉽게'라는 말에 나는 동의하지 않는다. 네모난 화면을 보면서 원하는 것을 선택하고 카드로 결제를 하는 것이 단순하다면 단순해 보이지만 아날로그에서 디지털로 넘어온 세대에겐 실상 꼭 그렇지만은 않기 때문이다.

키오스크가 우리 사회에 등장한 것이 어제오늘 일은 아니지만 그닥 사용할 일도 없었다. 하지만 코로나가 시작되고 우리 사회는 급격하게 비대면으로 전환되었다. 내 주변 가까운 곳까지 밀고 들어온 키오스크 때문에 여간 스트레스가 아니다. 손쉽게 사 먹던 햄버거마저 사러 가기 꺼려진다. 집 앞 돈가스 집도, 프랜차이즈 떡볶이 집도, 아이스크림 집도 다 네모난 기계 앞에서 감정이라곤 눈꼽만큼도 없는 기계음을 들으며 주문을 하란다.

키오스크 앞에 아무도 없으면 천천히 시도를 해보기는 하나 무슨 선택 사항이 그리도 많은지 짜증이 절로 난다. 화면에 쓰인 안내 글을 보고 손가락으로 누르면 되지만 자꾸 에러가 난다. 물어보기도 한두 번이지 자존심도 상하고 꼭 이렇게 해야 하나 싶은 것이다. 요즘은 키오스크만 설치해 놓은 무인 가게도 많이 늘어나서 물어볼 사람도 없다.

키오스크 사용에 취약 계층이 있거나 말거나 영화표 발매기, 셀프 주유소, 은행 CD기, 대중 교통인 버스, 기차, 비행기까지 셀프 발권기가 자리를 넓혀가고 있다. 물론 자주 사용하여 익숙한 것도 있지만 자꾸 새로운 것들이 생겨나니 따라잡기가 버겁다. 태어나자마자 스마트폰을 보고 자란 세대와는 비교할 수 없는 불편함을 감수해야 한다.

식당에 들어가 자리에 앉아서 말로 주문하면 되는 것을 왜 기계에다 하라는 건가? 사람 사이에 놓인 기계 만큼이나 사람과의 관계도 멀어지는 것 같다. 아직 경험해 보지는 않았지만 주문한 음식을 AI가 갖다 주는 식당이 있다고 한다.

키오스크가 내게만 울렁증을 안겨 주나 싶어 친구들에게 슬며시 물어본 적이 있다. 이구동성으로 나와 비슷한 생각을 하고 있었다. 반면 MZ 세대들은 주문시 대기 시간이 짧아서 좋고 매장의 점주는 인건비를 절감해서 좋다고 한다. 이것은 순전히 젊은 사람들의 기준이지 나이든 세대에겐 진입 장벽이 높은 장애로 작용하고 있다.

거부할 수 없는 디지털 시대는 아날로그 시대를 거쳐온 나이든 우리에게 끝없이 배우고 익히라며 강요한다. 어제 일도 기억에서 가물거리고, 들어도 돌아서면 금세 잊어 버리는 세대에게 어쩌면 앞으로의 세상은 더욱 가혹해질지도 모르겠다.

뒤처지지 않으려고 노력을 하지만 시도해 보기도 전에 하기가 싫어지는 것도 사실이다. 키오스크 앞에서 버벅대는 나에게 "이게 얼마나 편한데요. 글자를 모르는 것도 아닐 테고 화면에서 하라는 대로 하면 되는데, 이게 뭐가 어렵다고 그러세요? 해 보세요. 할 수 있어요."

하며 젊은이들이 용기를 주기도 하지만 기계 앞에 서면 여전히 울렁울렁하는 가슴은 진정이 안 된다.

　코로나 시대는 사람이 '흩어지면 살고 뭉치면 죽는다.'고 한다. 그러니 사람이 아닌 기계와 더욱 친해져야 할 모양이지만 기계치에다 눈은 점점 침침해지니 이 일을 어찌해야 할 것인가. 전자파 같은 것 걱정하지 않던 시절, 사람과 사람이 부대끼며 편하게 살았던 옛날이 그리워지는 것은 나만의 생각은 아닐 것 같다.

서점이 있던 자리

연중무휴로 문을 여는 동네 서점이 며칠째 닫혀 있었다. 일주일
쯤 지났을까. 서점 안이 텅 비어 있었고 책이 빠져나간 자리는
컴컴한 동굴이 되었다. 몇 달 전, 대형 출판업 도매상 '송인서적'
이 부도가 나서 거래해 온 소규모 출판사들이 줄줄이 타격을 입
을 것이라는 뉴스를 본 적이 있다. 그 여파가 여기까지 미친 것
인가 싶었다. 오래된 풍경처럼 긴 세월 함께한 서점이 사라지고
나자 몹시 허전하고 섭섭했다. 시대의 흐름에 떠밀렸을 것이라
는 생각도 해 봤지만 동네 서점이 문을 닫는 데 나도 일조를 한

것만 같아 마음 한 구석이 편치 않았다.

이곳에 이사 왔을 때 집 가까이 서점이 있어 무엇보다 반가웠다. 서점 주인은 같은 아파트 한 통로에 사는 이웃이기도 했다. 꼭 책을 사지 않더라도 오며가며 편하게 드나들었다. 차도 마시고 아이들 키우는 이야기도 나누었다. 참새 방앗간인 양 들락거리던 곳이 아이들이 자라 사회인이 되고 생활 환경이 바뀌자 내발길도 뜸해졌다. 그런 세월 속에서 서점이 문을 닫고 만 것이다.

서점 주인이 했던 말이 생각났다. 언젠가부터 교양서적이나 순수문학서보다 참고서와 문제집이 더 잘 팔린다고 했다. 학교가 밀집된 동네라 그렇겠지만, 요즘 학생들은 시험 기간이 되면 한 과목에 문제집을 서너 권씩 푸는 것이 기본이라고 했다. 예전과 달리 서점이 학습지 판매점인 것만 같아 씁쓸하다고 했던 말도 떠올랐다. 하긴 큰 서점에서도 소설책이나 시집보다 '성공을 위한 처세술', '부자 되는 법' 등의 책들이 더 잘 팔리는 시대가 아니던가.

나에게는 서점에 대한 애틋한 추억이 있다. 사진관을 했던 우리 집 옆에 어느 날 책방이 들어섰다. 건물 주인이 서점을 열고

처제에게 책방을 맡겼다. 집 바로 옆에 책을 파는 곳이 생겨서 나는 뛸 듯이 기뻤다. 한동안 그곳의 단골손님이 되었다.

당시 어린이 잡지로 《새소년》, 《소년중앙》, 《어깨동무》가 트로이카를 이루며 어린이들의 사랑을 받았다. 그 중에서 나는 《새소년》을 다달이 구독했다. 책방에서 잡지를 사 오면 읽는 재미에 푹 빠져 하루 만에 다 보았고 다음달 책을 기다리며 두 번, 세 번 읽어댔다. 다 읽은 잡지를 차례대로 꽂아두고 신줏단지 모시듯 했다.

중학교에 갈 무렵부터 우리 집 형편이 점점 어려워져 더이상 잡지나 책을 마음대로 살 수 없게 되었다. 그 후로 책방 주인의 눈치를 살피며 공짜 책을 보기 시작했다. 바닥에서 천장까지 책이 꽂힌 책장 바닥에 기대 앉아 조심스레 책장을 넘겼다. 가져갈 수 없었기에 보던 곳을 잘 기억해 두었다가 다음에 찾아 읽었다. 책장 아래 앉아 책을 볼 때면 하루에도 몇 번씩 공상 과학의 세계를 넘나들며 새로운 세상을 동경했다. 해보고 싶은 일들과 가 보고 싶은 곳들이 가지런히 꽂혀 있는 책처럼 줄을 지어 늘어갔다. 책을 읽고 있으면 그 모든 것들이 이루어질 것만 같았다.

공짜 책을 눈치 보며 읽던 때로부터 반세기가 지났고 세상은 너무나 달라졌다. 세상의 많은 것들이 인터넷을 기반으로 변화되어 갔다. 상점으로 물건을 사러 다니던 시대는 점점 온라인 쇼핑몰에 자리를 빼앗기고 서점에 직접 나가서 책을 고르기보다 인터넷으로 주문을 한다. 마우스 몇 번, 손가락 몇 번 움직이면 앉아서 책을 받아볼 수 있다. 책뿐만 아니라 먹을거리, 입을거리 등 생활에 필요한 모든 것이 컴퓨터 안에서 구할 수 있는 데다가 매장에 직접 가는 것보다 가격이 저렴한 편이라 더 나가지 않게 되었다.

내가 서점에 가지 않아도 언제나 그 자리에 있어 줄 것이라고 믿었던 것이, 결국 서점을 지켜주지 못한 것은 아닌가 하여 자꾸 미안한 마음이 앞선다. 하지만 스마트한 세상을 살아가는 젊은 사람들에게는 동네 서점 하나 없어진다고 나와 같은 생각을 하지는 않을 것이다. 그동안 내가 살아온 시대는 가고 새로운 시대가 열렸기 때문이다.

얼마 지나지 않아 서점이 있던 자리에 휴대 전화기 판매점이 들어섰다. 책이 밀려난 자리에는 얄상하고 미끈한 스마트폰이 자리를 차지했다. 세상의 많은 지식과 정보가 탑재된 스마트한 기기들이 자태를 뽐내며 사람들을 불러들였다.

원하건 원하지 않건 우리는 지금 4차 산업 시대를 살아가고 있다. 무인 자동차가 나오고 냉장고와 마트가 연결된다. 지식이나 지혜를 종이책에서 얻어야 했던 예전과는 확연히 달라진 세상이다. 한 권의 서책을 가지고 필사하던 시절에는 인쇄술의 발달을 놀라워했다. 그런 시간을 건너고 건너 이제는 인터넷에서 더 많은 정보와 지식들이 쏟아지고 있다. 예전에 유용했던 도구들이 더이상 유용하지 않게 되었다. 아날로그 시대를 거쳐 디지털 시대를 살고 있는 나는 스마트한 세상을 살아가기가 점점 버거워진다. 세상의 급속한 진화에 숨이 가쁘다.

휴대폰 가게로 바뀐 옛 서점 자리를 바라보니 사라진 것들이 더욱 애틋하게 다가온다. 유행가 가사처럼 지나간 것은 지나간 대로 의미가 있을진대 시간이 흐르면 서점이 있던 자리를 사람들은 기억이나 할까.

급변하는 세상에 떠밀리듯 어설프게 발을 담그고 살지만 그 세계가 마뜩지 않아 밀어내고 싶은 마음이 굴뚝같다. 하지만 거

대한 변화의 물살은 내 푸념 따윈 아랑곳하지 않고 도도하게 흐르고 있다.

긴 머리의 짧은 역사

한때 어깨선에 부드럽게 흘러내리는 파마머리를 꿈꿔 본 적이
있다. 하지만 내 머리카락은 올이 굵고 뻣뻣하기 이를 데 없는데
다 숱까지 많아서 분위기 있는 고불고불한 파마를 할 수 없었다.
나이 들면 많던 숱도 빠져 정수리가 훤해진다는데 내 머리는 여
전히 풍성했다. 그러다 보니 늘 짧은 생머리였다.

　헤어스타일이 원래의 모습으로 돌아오는 데 채 일 년이 걸리
지 않았다. 지난해 단골 미용실 원장은 머리를 좀 길러 보지 않겠
느냐고 했다. 매번 같은 모양의 머리가 싫증나지 않느냐는 것이

다. 웨이브 없는 커트머리가 딱딱한 인상을 준다고도 했다. 머리를 길러 오면 부드러운 이미지로 바꿔주겠다고 했다. 그날, 인상이 딱딱해 보인다는 말이 내 귀에 착 달라붙어 종일 왱왱거렸다.

머리를 기르기 시작한 건 그날부터였다. 초가을부터 기른 머리는 이듬해 봄이 되자 목선까지 내려왔다. 그 시간들은 내 인내심을 시험했다. 숱이 많아서 머리가 무겁고 갑갑했지만 부드러운 분위기를 기대하며 참았다.

이십 년 만에 하는 파마였다. 숱을 솎아내고 머리 밑단에 굽실한 웨이브를 넣었다. 옛날에는 파마를 하면 길이 날 때까지 머리가 뽀글거렸는데 요즘은 처음부터 한 듯 만 듯 아주 자연스러웠다. 거울 속에 있는 내 모습이 낯설긴 했으나 부드러워 보이는 것은 확실했다. 눈에 익으면 괜찮아질 거라며 원장이 더 흡족해했다.

긴 머리를 하고 나니 머리 감는 것도 손질하는 것도 보통 일이 아니었다. 짧을 때는 감고 탈탈 털어 말리면 그뿐이었는데 숱 많은 긴 머리는 마르기 전에 에센스를 바르고 웨이브의 방향을 요리조리 바꿔가며 말려 주어야 했다. 한동안 제대로 손질을 못해 애를 먹었으나 시간이 지나자 조금씩 나아졌고 모양도 자리를 잡아갔다. 힘들게 기른 보람이 있었다.

날씨가 점점 더워졌다. 목을 덮고 있는 머리카락이 한겨울의 이불 같았다. 목덜미에는 땀띠가 솟았다. 그나마 집에 있을 때는 머리띠를 하거나 대충 묶으면 되었지만 외출할 때는 풀어야 했다. 아직 본격적인 여름이 시작되지도 않았는데 어떻게 견딜까 걱정이 태산이었다.

그사이 머리는 좀더 길어 제대로 묶을 수 있게 되었다. 치켜 올려 묶으니 목덜미에 시원한 바람이 불었다. 여름을 이렇게 보내면 되겠다 싶었다. 그런데 거울을 보니 모습이 영 아니었다. 묶은 머리가 내게는 어울리지 않았다. 고민이 되었다. 예전대로 다시 돌아갈 것인가, 그대로 견뎌 볼 것인가. 긴 머리를 하고 다니는 사람들이 새삼 다시 보였다. 아름다운 긴 머리를 유지하기 위해 참고 견뎌야 하는 것이 더 많다는 것을 겪어보니 알 것 같았다.

주변 사람들도 그동안 짧은 머리에 익숙해서인지 바뀐 머리에 후한 점수를 주지 않았다. 심지어 딸이 곧 결혼을 하느냐고 물었나. 혼주가 한복을 입이야 히니 올림머리를 위해 그러고 있는 줄 알았다는 것이다. 그럼에도 단박에 머리를 자를 수 없었다. 기른다고 지저분한 것을 참았던 시간이 생각났고 자르는 것은 마음만 먹으면 금방 할 수 있는 일이라 미적거렸다. 가뭄에 콩 나듯 잘 길렀다고 잘 어울린다는 사람도 있긴 했다. 내가 봐도 어떤 날은 괜찮고 어느 날은 아닌 것 같았다.

예매해 둔 음악회에 가는 날이었다. 폭염은 연일 이어져 밖에 나가면 가만히 있어도 땀이 줄줄 흘렀다. 외출복을 차려 입고 어쩔 수 없이 머리를 묶었다. 문예회관에서 만난 친구가 묶은 머리를 보고 적응이 안 된다고 했다. 옷은 외출복인데 머리는 집에 있다 나온 사람 같다는 것이다. 연주회장에 앉아 있는 동안 피아노 선율은 귀에 들리지 않고 이 머리를 어찌할까 그 생각에만 빠졌다.

결단을 내리지 못해 머뭇거릴 때 누군가의 한마디 직언은 결정적인 역할을 한다. 다음날 아침 눈곱만 뗀 채 미용실로 달려갔다. 예전대로 돌아가겠노라는 내 말에 원장은 잘 생각해 보라며 지금까지 기른 것이 아깝지 않느냐고, 긴 머리도 잘 어울리는데 왜 그러느냐고 했다. 그 말이 내 귀에 하나도 들어오지 않았다.

다시 짧은 머리로 돌아오는 데도 몇 번의 곡절을 겪었다. 미련이 남은 원장이 내 뜻대로 잘라 주지 않고 단발머리로 만들었다. 일주일 만에 다시 잘랐다. 부드러운 분위기의 긴 머리를 자르기만 하면 예전의 상큼한 짧은 머리가 될 줄 알았는데 그것도 아니었다. 그 머리마저 마음에 들지 않아 아예 미용실을 바꿔 다시 잘라 버렸다. 모든 게 미용사 탓이라 여겼다.

　처서가 지났지만 여름이 꼬리를 길게 늘어뜨리며 떠날 기미를 보이지 않았다. 인상이 딱딱해 보이거나 말거나 이 더위에 머리는 잘 잘랐다 싶지만 가끔 잠시 머물다간 긴 머리가 그립기도 했다. 스마트폰 앨범을 뒤져보니 기르기 전의 짧은 생머리와 분위기 있는 긴 머리, 다시 돌아온 머리가 순차적으로 담겨 있었다. 다 괜찮아 보였다. 물론 마음에 드는 것만 남겨 두었겠지만 긴 파마머리에 자꾸 눈길이 머무는 것은 무슨 조홧속인지 모르겠다. 무슨 일이든지 겪지 않고는 판단하기 쉽지 않다는 것을 일 년도 되지 않는 시간에 머리를 지지고 볶다가 알게 되었다.

악수

둘째 딸이 집을 떠났다. 여태껏 한 번도 둥지를 떠나본 적 없는 저도, 늘 곁에 끼고 살던 나도 떠나는 날까지 마음이 어수선했다. 아들을 군대 보내는 심정이 이런 것일까 싶기도 했다.

둘째는 대학 졸업을 미루고 미루다가 올봄에야 학사모를 썼다. 날이 갈수록 청년 실업률이 최고치로 경신되는 뉴스를 보며 청년들이나 그 부모들은 근심이 깊어졌다. 대학을 졸업하고도 마땅한 일자리를 찾지 못하는 것이 꼭 그네들의 탓만은 아니었기에 집에서 빈둥댄다고 나무랄 수도 없었다.

소는 외양간을 나서면 길에 거름을 뿌리고, 사람은 나가면 돈을 쓰게 마련이라 딸아이는 제 방에 틀어박혀 지내는 날이 많았다. 그 나이가 되도록 밥벌이는커녕 용돈을 부모에게 타서 써야 하니 딱히 언짢은 내색을 하지 않아도 딸은 눈치를 보기 시작했다. 아는 집 아들딸들이 대기업 어디에 들어갔네, 공무원 시험에 합격했네 하는 말을 들을 때마다 일견 부럽기도 했으나 내 자식의 성격과 적성을 누구보다 더 잘 알기에 때가 되면 제 길 잘 찾아갈 것이라 그저 믿었다.

한 날, 빨래한 것을 들고 둘째 방에 들어갔다가 책상 위에서 메모 한 장을 보게 되었다. 올 하반기에는 "반드시, 기필코 백수 탈출!"을 하겠다고 써 놓았다. 그 비장함에 코끝이 시렸다. 좀은 태평스레 보였기에 내심 걱정이 되었던 것도 사실이다. 제 딴에는 밤마다 오만 가지 생각에 시달렸나 보았다. 학원에 다니지도 않고 운전면허를 따고 전공에 필요한 자격증을 준비해 놓았다.

한여름 더위가 다소 누긋해질 무렵부터 딸은 취업 전선에 본격적으로 뛰어들었다. 특별할 것 없는, 평균 수준의 스펙으로 욕심을 부리는 선 아니었지만 서류 심사에서 한 번, 두 번 떨어지자, 처음에 정해 놓은 기준은 바람 빠진 풍선이 되어 자꾸만 쪼그라들었다.

추석을 앞둔 어느 날, 딸은 서울에 면접을 보러 가야 한다고 했다. 서울이라니, 꿈을 위해 다소 저돌적인 첫째와 달리 현실적인 둘째는 집에서 직장을 다니고 싶어 했다. 타지 생활을 한 번도 해본 적 없어 두렵기도 하고, 주거비로 드는 비용이 만만치 않다는 것을 제 언니를 통해 이미 알고 있었기 때문이다. 그렇게 생각하는 네가 참으로 현명하다고 나는 기회가 될 때마다 둘째를 치켜세웠다. 그런데 서울에서 자기를 원한다나. 1차 면접을 통과하고 어째 운이 닿았는지 최종 면접까지 통과하게 된 것이다.

"엄마, 가서 보고 아니면 일주일 만에도 다시 올 수 있어."

입사할 곳이 어쩌면 제 능력에 맞춤한 듯 규모가 크지 않은 중소기업이었다. 딸은 짐을 싸면서도 썩 내키지 않아 했다. 별다른 대안이 없어, 저를 부르는 곳으로 갈 뿐이라고 했다. 찬물 더운물 가릴 처지가 아닌데도 여유를 부렸다. 아무튼 배짱 하나는 남 부럽지 않은 아들 같은 딸이었다. 그리하여 26년간 내 곁에 껌딱지처럼 붙어 있던 둘째마저 집을 떠났다.

물기라곤 찾아보기 힘든 팍팍한 서울살이를 어찌 견딜까. 성격 좋아 보여도 은근히 낯가림이 심한 딸이, 모르는 사람들 틈에서 마음고생하지는 않을까. 직장 상사가 유난스럽지는 않을까. 그동안 부모 밑에서 큰 어려움 없이 어리광 부리며 살던 녀석이라 걱정은 저가 빠져나간 빈방의 먼지처럼 나풀거리며 정신을 어지럽혔다.

한창 일을 배우고 있을 신입 사원에게 궁금하다고 무턱대고 전화를 할 수도 없었다. '칼퇴'가 보장된다는 것이 가장 마음에 든다며 짐을 꾸렸던 딸인데 여섯 시면 '칼같이 퇴근'을 할 수 있다던 말은 공염불이었던가. 지금쯤 퇴근했을 법한데 연락이 잘 되지 않았다. 어쩌다 전화선이 닿아도 피곤해서 빨리 자야 한다며 제 엄마의 궁금증은 아랑곳하지 않고 딸깍 끊어버리곤 했다. 하긴 몇 년간 '올빼미족'으로 살다가 '아침형 인간'으로 변신하려니 피곤할 수밖에 없을 것이다.

보름쯤 지났을까.

"엄마, 나 잘 지내고 있어. 직장 사람들이 정말 좋아요. 친절하고 잘 가르쳐 주고 점심밥도 너무 맛있어서 살이 포동포동 쪘네."

하며 깔깔거렸다.

"야, 이놈아! 그래도 그렇지. 이젠 엄마 아빠도 안 보고 싶냐?"라고 따지듯 물었다. 돌아온 답이 다소 충격적이었다. 솔직하게 별로 안 보고 싶었단다. 섭섭하기도 하고 어이도 없었지만 그동안 강력하게 묶여 있던 자식과의 연도 이제는 슬슬 풀어줘야 할 때가 아닌가 싶었다. 준비 없는 이별처럼 둘째는 그렇게 독립 선언을 했다.

딸은 이제 부모의 울타리를 벗어나 새로운 세상과 악수하며 사회라는 커다란 울타리와 인연을 맺고 있는 중이다. 첫 발을 디딘 곳이 다행스럽게 삭막한 곳은 아닌 듯하다.

한 달이 지나면서부터 저녁 여섯 시가 넘으면 어김없이 전화가 온다. 퇴근길에 그날 있었던 소소한 이야기를 전해준다. 바로 위의 선임이 잘 정리된 업무 매뉴얼을 선뜻 내주고, 객지 생활한다고 점심을 수시로 사 주는 과장님과 아빠 같은 전무님 이야기까지⋯. 친구 아니면 부모밖에 몰랐던 인간관계가 다양해지기 시작했다. 보태어 직장 생활이 행복하다고 하니 그것도 제복이었다.

신입 사원의 실수를 나무라기보다 감싸 주고, 조금 잘한 일에도 칭찬을 아끼지 않는다고 한다. 게다가 '저녁이 있는 삶'이 보장되는 그곳이 요즘 보기 드문 천사들이 모여 있는 직장인가 싶기도 하다. 딸이 시도한 세상과의 첫 악수는 현재로서는 성공적인 것 같다.

물은 아래로 흐른다

먼저 살던 집을 비워둔 채 딸들이 이사를 했다. 깔끔하게 뒷정리를 하지 못한 게 탈이었다. 보증금을 받지 못한 것은 물론이고 빈집에 월세와 관리비까지 내게 된 것이다. 남의 집 살이를 해본 적 없는 딸들은 집 없는 서러움을 이렇게 겪게 될 줄 몰랐다며 볼멘소리를 했다.

어찌하다 보니 아이 둘 다 서울에서 밥벌이를 하게 되었다. 먼저 상경한 큰딸과 지난해 올라간 작은딸이 함께 살게 되었고, 객지에서 의지하며 지냈다. 열 평 남짓한 원룸은 방 하나가 꽤 넓어

둘이 쓰기에 충분했다. 손바닥만 한 거실과 주방이 방과 분리되어 있어 처음에는 집을 잘 구했다며 서로 흡족해했다.

몇 달이 지나자 불만이 터져 나왔다. 취침 시간이 다른 아이들이 불을 일찍 끄네, 켜네 하며 투덕거렸고, 제때제때 방을 치우는 큰딸과 미뤄뒀다 날 잡아 한꺼번에 치우는 작은딸은 그것을 가지고도 티격태격했다. 어릴 적부터 제 방을 가지고 살았던지라 한방에서 생활하는 것이 문제가 되었다.

급기야 작은딸이 따로 살겠다고 선언을 했다. 같은 서울 하늘 아래 직장도 같은 노선인데 비싼 월세를 각자 부담하며 따로 나가겠다는 것이다. 엄마인 내가 중재에 나서야 했다. 핑계 없는 무덤 없듯이 큰애는 큰애대로 막내는 막내대로 제 할말은 다 있었다. 이리 달래고 저리 달랬다.

절충이 되었다. 보증금이 좀 들더라도 방이 두 개인 집을 구하기로 했다. 원룸의 계약 기간은 일 년이며 계약 만료 한 달 전에 방을 빼겠다는 의사 표시를 하지 않으면 자동으로 재계약이 된다고 했다. 집을 구하고 방을 빼고 하는 일이 여간 까다롭고 신경 쓰이는 일이 아니라고 누차 일러 주었지만 딸들은 내 말을 귓

등으로 들었다. 그도 그럴 것이 작은딸은 연수를 받고 있는 중이었고 큰딸은 과중한 업무에 시달리고 있었다. 아이들은 이 집과 이사 갈 집을 소개해 준 부동산 중개인 말만 믿었다.

집을 구해 놓고 주인에게 이사 통보를 하자 살고 있는 집의 계약 만기일을 넘겼기 때문에 자동으로 재계약이 되었다고 했다. 딱 삼 일이 늦었는데 삼 개월을 더 살아야 한다는 얄짤없는 말이 돌아왔다. 그사이 집이 나가면 다행이지만 때는 한겨울, 엄동설한에 누가 집을 보러 올 것인가. 딸들은 속상해하면서도 자기들 실수를 인정하고 한 달 정도는 월세를 감당하겠다고 했다. 문제는 들어갈 집에 보증금 날짜를 맞출 수 없었다. 들고나는 이사가 이런 아귀를 맞추기가 쉽지 않아 신중해야 하는 것을 딸들이 놓친 것이다.

나는 집에 앉아서도 애가 쓰여 죽을 지경이었다. 이사 갈 날은 바짝바짝 다가오는데 사는 집은 빠질 기미가 없다. 집 앞에 있는 부동산에 가서 딸들 사정을 이야기했더니 날짜를 넘긴 것은 잘못인데 그렇다고 삼 개월을 더 살라는 것은 너무한 것 같다고 했다. 그 말에 힘입어 서울의 원룸 주인에게 전화를 했더니 찬바람 쌩쌩 부는 말만 들었다. 한줌 인정에 기대보려던 나는 물정 어두운 시골 아줌마가 돼 버렸다. 세입자의 사정 따윈 안중에도 없었다. 서울 인심 야박하다는 말이 그저 나온 말이 아니었다. 조물주 위에 건물주라더니 인정이라곤 병아리 눈물만큼도 없었다.

이사 갈 집에 보증금을 반밖에 줄 수 없는 상황이 되었다. 먼저 집이 쉬 빠질 것 같지 않아 할 수 없이 대출을 신청해 둔 상태였다. 나머지는 열흘 안에 주겠다고 했다. 그러라고 해서 너무나 고마웠다. 그런데 내지 못한 보증금을 일할 계산을 해서 월세에 추가하여 받겠다고 했다. 그 소리를 듣고 또 기가 막혔다. 전에 살던 집의 월세까지 내야 하는데, 집주인들은 한푼도 손해 보지 않으려 했다. 사람간의 일에 여지라는 것이 있을진대 '서울인심' 소리가 절로 나왔다. 지방에서 올라간 젊은이들이 월급을 받으면 얼마나 받는다고 월세를 이쪽 저쪽에 내야 하다니 생각할수록 속이 부글거렸다.

된통 당하고 나니 애들도 정신이 번쩍 드는 모양이었다. 어쨌거나 열심히 돈을 모아야겠다고 했다. 하지만 사회 초년생이 객지에서 모아봐야 얼마나 모으겠는가. 둘이 각각 한 달에 백만 원씩 일 년을 모아도 서울 아파트 한 평 값도 되지 않는다는 것을 딸들은 아직도 잘 모른다.

그즈음 서울 대학가 근처에서 데모가 한창이라는 뉴스가 나왔다. 지방에서 올라간 학생들을 위해 대학에서 기숙사를 짓고 있는데 인근의 원룸 임대업자들이 그것을 못 짓게 한다는 것이다. 기숙사가 생기면 임대를 못하기 때문이라고 했다. 기숙사 공사는 중단되었다.

혐오 시설이 들어서는 것도 아닌데 공사가 중단되었다는 것이 내 상식으로는 도무지 이해가 되지 않았다. 주민들과 구청장의 암묵적인 거래가 있었던 것일까. 지자체 단체장들은 지역 주민들의 표에 목줄이 좌지우지된다. 그러하니 공익적인 공사도 중지 시킬 수 있었다. 이런 사정을 알아차린 대학생들이 그 동네로 주소를 옮겨 대응한다는 것이다.

세대간의 갈등이 이렇게 조장되고 있는 현실 앞에 나는 참으로 씁쓸했다. 이기심으로 가득한 어른들의 모습을 보며 학생들은 또 무슨 생각을 할까. 돈이 최고인 세상을 헤치고 살아가는 청년들이 안쓰럽기만 한데, 이들도 깔축없고 팍팍한 현실을 살아내려면 인정이나 인심 같은 촉촉한 마음을 가질 수 있겠는가.

청류淸流든 탁류濁流든 세상의 모든 물은 아래로 흐른다. 사랑받은 이가 사랑할 줄 알고 베풂의 은덕을 입은 사람이 베풀 줄 안다. 윗 세대의 물을 고스란히 맞고 가는 아래 세대에게 우리는 과연 어떤 물을 내려 보내야 할까? 답은 이미 나와 있는데 나는, 또 세상물정 모르는 순진한 시골 아줌마 같은 소리나 하고 있는지도 모르겠다.

말이 씨가 되어

진즉 마음을 먹었더라면 좋았을 걸, 하는 일이 비단 집수리에만 해당되는 것은 아닐 것이다. 하지만 살면서 집을 수리한다는 것이 보통 일이 아니어서 마음 내기가 여간 쉽지 않았다. 차일피일 고민만 하다 보낸 세월이 몇 해가 지났다. 해야 할 이유는 백 가지가 넘었지만 하기 쉽지 않은 이유도 수백 가지였다. 결국 백 가지 이유가 수백 가지 이유를 이겼다.

낡고 오래된 아파트에 들어 있던 살림살이 또한 온전한 것이 거의 없었다. 몇 년 전에 들인 김치 냉장고와 일 년 전에 바꾼 냉장고, 비슷한 시기에 바꾼 서랍장을 빼면 죄 버려야 할 것들이었다. 하여 이삿짐센터에 맡길 물건들이 많지 않을 것 같았는데 막상 짐을 꺼내고 보니 묵은 먼지를 둘러쓴 오래된 물건들이 끝도 없이 나왔다.

버리는 일 또한 만만치 않았다. 그런 일련의 과정을 거치고 살아남은 짐들은 이삿짐센터로 잠시 옮겨 갔다. 우리는 냄비 하나, 밥 그릇 두 개를 달랑 챙겨서 집 근처 원룸으로 거처를 옮겼다. 뼈대만 남은 아파트를 보며 과연 어떤 모습으로 변할지 내심 기대가 컸다. 삼십 년 넘게 살고 있는 집이고, 이십 년 전에 벽지와 장판, 싱크대를 교체한 후 지금까지 살았으니 그럴 만도 했다.

새집에 든 지 한 달째, 공사를 맡은 사장님을 잘 만난 덕분에 집수리가 잘되어 가족 모두 흡족한 마음이 되었다. 새집 분위기에 맞춰 가구와 가전제품도 새로 들였다. 요즘 분위기에 맞게 업데이트된 집이 흡사 모델하우스 같았다. 한 달간 원룸에서의 불편했던 기억도 새롭게 변신한 아파트를 보니 봄눈 녹듯 사라졌다.

칠들기 시작했을 때부터 집은 내게 각별하고 절실한 존재였다. 작은 도시에서 사진관을 했던 유년의 집은 가게에 딸린 방이라 가정집의 기능이 결여된, 몹시 옹색하고 남루한 집이었다. 장마철이면 천장에서 물이 뚝뚝 떨어지기도 했었다. 그런 집이라도 우리 집이었을 땐 그나마 나았지만 아버지의 사진관이 내리막길로 접어들었을 때는 셋집을 전전해야 했다. 사춘기 무렵부터 집 없는 설움을 겪어 본 나는 집에 대한 남다른 애착을 가지게 되었다.

결혼 후, 여차저차 여건이 되어 일 년 만에 지금의 아파트를 살 수 있었다. 절반 가까이 대출을 안았지만 맞벌이를 하고 있던 때라 살면서 갚으면 될 일이라 여겼다. 무엇보다 내 집 마련의 기쁨은 이루 말로 표현하기 힘들었다. 지금 살기에도 부족함이 없는 평수의 새 아파트라 이곳에서 평생 살 것이라 생각했다. 집은 내게 보금자리로서의 의미가 가장 컸기 때문이다.

큰아이의 백일잔치를 이 집에서 치렀고 작은아이는 이 집에서 낳았다. 그야말로 가족의 역사가 고스란히 담겨 있는 집인 것이다. 집을 사고 3년이 지나자 집값이 껑충 뛰었다. 이재에 밝은 사람들은 잽싸게 집을 팔아 땅을 샀다는 말이 들렸다. 집을 몇 번

옮겼더니 부자가 되어 있더라는 말도 심심치 않게 들렸지만 나와는 무관한 일이라 여기며 살았다.

그럼에도 지금보다 젊었을 때는 좀더 넓은 새집에 대한 욕망이 없진 않았다. 몇 번 옮길 기회가 있었으나 아이들 학교와 멀어져서 섣불리 옮기지 못하고 이곳에 눌러앉아 지금껏 살고 있다. 삼십 년 전 허허벌판에 세워진 아파트는 세월 지나자 사람 사는 동네로 꼴을 갖춰 갔고 위치적으로 편리한 곳이라 굳이 옮길 이유도 없었다. 다만 흐르는 세월 속에 집이 낡아가고 있었다.

업그레이드도 필요했고 업데이트도 절실했다. 시간과 비용을 들이고 나자 기존의 뼈대에 소프트웨어가 바뀐 스마트한 집이 되었다. 오래된 구조가 아쉽긴 했으나 이전과 비교가 되지 않는 집으로 거듭난 것에 감사했다. 화사한 벽지와 밝은색의 소파. 이전보다 화면이 두 배로 커진 거실 텔레비전은 작은 영화관이 되었다. 문짝이 삐걱대던 싱크대도 깔끔하게 모습을 바꾸었다. 청소도 신이 나고 설거지도 즐거웠다.

무언가 새로 바뀐다는 것은 분명 긍정적인 부분이 많지만 그것에 적응을 해야 하는 부담도 뒤따른다. 업데이트된 새집에 맞춰 사용자 역시 업데이트가 필요했다. 살던 집이지만 조금씩 달라진 것에 익숙해져야 했으며 새로 들인 가구를 더 열심히 닦아야 했다. 하루가 다르게 진화된 가전제품들은 사용 설명서를 꼼꼼히 읽어야 제대로 쓸 수 있었다. 이 또한 시간이 흐르면 자연스레 해결이 되겠지만 이런 일들이, 꼭 해야 하는데 하기 싫은 숙제처럼 느껴졌다.

새집이 되었는데 영감은 바꾸지 않을 거냐며 누군가 농담을 했다. 영감뿐 아니라 할멈도 피차일반이라며 같이 웃었지만 청년처럼 해맑은 얼굴로 바뀐 집 안에 있는 우리가 다소 조화롭지는 않았다. 그럼에도 불구하고 시간 지나면 집도 사람도 조금씩 서로에게 동화되어 가지 않겠는가.

한창 공사 중이던 때 전국의 아파트 값이 치솟기 시작했다. 오래된 우리 집도 예외는 아니었다. 내 집값 오르는데 기분 나쁠 리만무하지만 천정부지로 솟는 집값을 보는 마음은 착잡하고 편치 않았다. 정상적인 상황이 아니기 때문이다. '영끌'이라거나 '이생망'이라는 젊은 사람들의 절절함을 외면할 수가 없기 때문이다. 주거의 개념이 바뀌지 않으면 해결이 쉽지 않은 난제다. 부동산으로 목돈을 벌겠다는 생각을 버리지 않는 한 영원히 풀리지 않을 숙제기도 하다.

몇 년을 고민하면서, 한 번 해보면 두 번은 절대 하지 않는다는 집수리를 한 이유도 한없이 높은 분양가 때문이었다. 늘그막에 집에 그렇게 투자를 해야 할까 싶었던 것이다. 힘들었지만, 수리는 잘되었고 시국이 코로나 시국인지라 집에서 보내는 시간이 많아 탁월한 선택이었다는 생각마저 든다.

식탁에 앉아 베란다 맑은 창으로 보이는 솔숲과 파란 하늘을 바라보는 일도, 진한 모닝커피 한 잔 마시는 시간도 격리된 일상을 견디는 작은 행복으로 다가오는 나날이다.

그나저나 말이 씨가 되어 나는 평생 이 집과 함께 여생을 보내야 될지도 모르겠다. 아니, 그럴 것이다.

단순한 일상의 작은 행복

아침에 택배사에서 보낸 문자 한 통을 받았다. 인터넷 쇼핑을 한 적이 없다. 뭐지? 내용을 살펴보니 누군가가 꽃을 보낸 모양인데 보낸 이의 이름은 없고 화훼 농장만 찍혀있다. 내가 기억하지 못하는 무슨 날인가 하여 달력을 봐도 고개만 갸웃거려진다. 아무튼 누군가가 나에게 꽃 선물을 보냈다는 것만 알고 무슨 이유로 보냈는지도 모른 채 택배를 기다렸다.

봄이 왔지만 오전 내내 비가 내려서인지 기온이 떨어졌다. 뜨거운 커피를 내려 마시며 비 내리는 창밖을 바라보는 주말 오전,

'집콕 생활'이 일상이 된 지 오래다. 집안에서만 왔다갔다하지만 적응되어 버린 습관이 무섭다. 갇혀 지내는 일상이 별로 지루하지 않다.

풋성귀를 심을 텃밭도, 꽃을 가꿀 화단도 없지만 손바닥만 한 베란다는 어느새 정원이 되었다. 밖으로 나돌아 다닐 때는 베란다의 화초가 한 계절을 넘기지 못했다. 집에 있는 시간이 많아지자 화초에 정성을 기울이게 되고 정성을 쏟은 만큼 베란다는 꽃밭 구실을 톡톡히 했다. 일인용 둥근 테이블과 라탄 의자를 들여놓으니 제법 분위기 있는 나만의 카페가 되었다.

커피를 마시고 난 뒤 택배 상자였던 직사각 스티로폼 아래에 구멍을 몇 개 뚫어 화분으로 용도를 바꾸었다. 그곳에 바질 씨를 뿌렸다. 비좁아진 카랑코에의 집 평수를 늘려 이사를 시켰다. 지난해 들인 꽃분 몇 개가 꽃대를 밀어올리고 있어 한참 들여다봤다. 꽃을 피우는 일이 예사로 보이지 않는다. 기특하고 고맙다.

"딩동!" 택배 상자를 문 앞에 두고 갔다는 알림이다. 설레는 마음으로 상자를 열자, 프리지어가 참았던 숨을 토해내듯 향기를 뿜어낸다. 꽃은 멀리서 오느라 다소 지친 듯 보였으나 엄마에게 깜짝 선물을 보낸 막내의 마음처럼 예쁜 것은 말할 것도 없고 풍성하기까지 하다. 나도 모르게 입이 귀에 걸린다. 여정에 지친 형형색색의 고운 꽃들을 얼른 꺼내 화병에 꽂는다. 생기를 찾은 꽃들은 단박에 집안 곳곳을 향기로 가득 채우며 생글생글 꽃미소를 날린다. 평범한 날, 뜻밖의 꽃 선물이 나를 구름 위에 둥실 올려놓았다.

커피를 마시고 음악을 들으며 소소한 작업을 하다가 받은 꽃 선물, 정말 좋다. 익숙해진 '집콕 생활'에서 새로운 삶의 여유와 인생의 가치에 대해 다시 생각하게 된다. 단순한 일상이 내 몸에 잘 맞는 옷처럼 편안하다. 그래서 지금 몹시 행복하다.

머그컵 프롬나드

이 년 넘게 코로나가 지속되면서 사람들의 일상에 많은 변화가 생겼다. 바깥 활동이 줄어들어 집에서 보내는 시간이 많아진 나 역시 새로운 습관이 생겼는데 커피 마시는 시간이 전에 없이 길어졌다는 것이다. 그날의 머그컵을 고르고 원두를 갈아 커피를 내리며 날마다 시간 여행을 떠나고 있기 때문이다.

커피를 좋아해서 집에 머그컵이 많은 편이다. 하늘길이 자유롭던 코로나 이전, 해외에 나가면 나를 위한 기념품을 하나씩 샀었다. 그것이 주로 그 도시를 대표하는 머그컵이었다. 또한 미술관이나 문학관에 가서도 마음에 드는 컵이 보이면 하나씩 사 모았다. 그렇게 모은 머그컵이 코로나 시국에 위안이 될 줄 그때는 알지 못했다. 어느 날부터 커피를 마시며 다녀온 곳을 산책하는 자신을 발견했다.

프롬나드 1 '뽀르까보나도 공작새' 그림이 들어간 머그컵을 꺼낸다. 날개를 활짝 펼친 공작새 머그컵은 그야말로 화려함의 극치다. 얼마 전 울산에서 처음 열렸던 '국제아트페어'에 갔을 때 본 어마어마한 가격의 그림에는 희귀한 블랙 다이아몬드가 박혀 있었다. 그림값이 무려 천백억이었다. 그림은 눈에 담고 대신 머그컵을 샀다. 커피를 내려 마시며 그날의 그림전을 회상한다. 넓은 전시 공간에 걸린 작품들은 더러 눈에 익은 그림도 보이고 생소한 화가의 그림도 있지만 보는 즐거움은 똑같다. 많은 그림 중에서도 사진보다 더 리얼한 윤병락의 〈사과〉와 언제 봐도 좋은 김환기의 〈사월의 행진〉이 잔상으로 남아 아른거린다. 커피를 마시며 다시 미술관을 한 바퀴 돌아본다.

프롬나드 2 잘츠부르크의 이른 봄, 모차르트를 만나러 갔다. 봄바람이 코끝을 스치는 잘자흐강 다리를 건너 조금만 걸으면 곧 그의 집이 나왔다. 젊은 시절, 힘들었던 한때 그의 음악이 많은 위로가 되었다. 260여 년 전 35세에 요절한 모차르트는 불행한 삶을 살았으나 21세기 잘츠부르크는 모차르트 덕분에 먹고산다고 해도 과언이 아니었다. 도시의 모든 것이 그와 관련되어 있었다. 모차르트 카페에서 차를 마시고 기념품 가게에서 모차르트 초콜릿과 그의 모습이 그려진 머그컵을 샀다. 모차르트 컵에 커피를 마실 때면 그의 음악도 함께 듣는다. 듣고 있으면 인생이 행복해진다는 〈교향곡 41번 주피터〉를 듣고, 세레나데 〈아이네 클라이네 나흐트 뮤직〉을 들으면 다시 그의 집 앞에 서 있는 자신을 발견한다.

프롬나드 3 말레이시아에서 크리스마스를 맞이한 적이 있다. 기회가 되어 말레이시아 현지인 집에서 일주일간 머물게 되었다. 현지인 집에서 그들의 생활을 엿볼 수 있다는 것은 행운이었다. 그러나 여행은 순탄하지 않았다. 쿠알라룸푸르에서 비행기로 이동한 랑카위섬, 인도네시아 발리만큼이나 아름다운 곳이라고 했다. 그곳에 가면 케이블카를 꼭 타야 한다고 해서 도착하자마자 술을 섰다. 그날이 마침 성탄 전야리 인근 나라에서 온 단체 관광객들로 북새통을 이루고 있었다. 기다리고 기다려도 줄은 줄어들지 않는데 아무도 불평하지 않았다. 가만히 있어도 땀이 줄줄 흐르는 말레이시아의 크리스마스 이브는, 기다림에 지친 기억이 유난히 부각되지만 다른 즐거움이 있었기에 이 또한 행복한 추억으로 남아있다. 그런데도 랑카위에서 산 머그컵을 보면 겨울에도 땀이 난다.

프롬나드 4 동해에서 배를 타고 24시간 만에 블라디보스토크에 닿았다. 시베리아 횡단 열차의 시발지인 블라디보스토크는 6월인데도 우리나라 늦가을 같은 날씨였다. 건물의 문은 두껍고 무거웠다. 동남아시아에 가면 지붕에 기둥만 있는 집들이 대부분인 것과 대조적이었다. 잘 포장된 도로는 겨울이면 터져 갈라진다고 했다. 그 도로 위를 한글이 적힌 우리나라 버스가 달리고 있었다.

오래전, 이 추운 곳에 우리의 선조들이 건너와 살았다. 우수리스크에 가면 고려인들이 살고 있으며 그들의 슬픈 역사가 지금도 이어지고 있다. 다산과 풍요를 상징하는 마트료시카 인형과 함께 산 머그컵에는 블라디보스토크의 전경이 그려져 있다. 이 머그컵에 커피를 마시면 몸피가 하얀 자작나무와 꼭 슬픈 강처럼 들리는 수이푼강이 생각난다. 독주 보드카와 푸짐하게 먹었던 킹크랩도 잊을 수 없다.

프롬나드 5 프라하에서 산 머그컵은 스카이블루에 입술이 닿는 테두리는 네이비 색이다. 컵의 둘레에는 프라하의 빨간 지붕들이 그려져 있다. 커피를 마시면 그곳의 맑은 하늘과 유장하게 흐르던 강물과 아름다운 건축물이 떠오른다. 구舊시청 건물의 천문 시계는 매 시간마다 울리는데 1분도 채 되지 않는 울림을 듣고, 보기 위해 세계의 관광객들이 고개를 치켜들고 바라보는 곳이다. 짧지만 시계 안의 해골과 12사도의 행렬을 보기 위해서다. 프라하성과 구시가지 주변의 건축물들이 무척 인상적이던 곳, 블타바강의 보행자 전용 다리 카를교를 건널 때는 스메타나의 교향시 〈나의 조국〉 중 '몰다우'가 떠올랐다. 몰다우는 블타바의 독일어로 커피와 함께 이 음악도 즐겨 듣는다.

프롬나드 6 발칸반도에 있는 크로아티아, 옛 유고슬라비아 공화국이었으나 1991년에 독립한 나라다. 인구 400만의 작은 나라지만 축구를 잘하고 달마티안의 고향이며 넥타이의 원조국이다. 자그레브 시내 노천카페에서 에스프레소를 마시며 여행자의 기분을 한껏 누렸던 시간이 그림처럼 남아 있다. 시내를 걸어 다니는 크로아티아 젊은 여성들은 한결같이 모델처럼 멋진 모습이었다. 아기를 옆구리에 끼고 걷는 아기 엄마도 화보를 보듯 아름다웠다. 돌라츠 노천 시장 풍경은 우리의 재래시장과 크게 다르지 않아 정겨움마저 느끼게 했다. 신선한 과일과 야채, 치즈 등을 팔았으며 시장 바닥에 놓인 형형색색의 봄꽃들이 이방인을 반겨주던 곳! 하트 문양이 새겨진 머그컵에 커피를 마시면 반옐라치치 광장의 노천카페와 성 마르코 성당과 스톤게이트가 파노라마처럼 펼쳐진다. 그곳에 언제 다시 갈 수 있을까?

자유롭게 다니던 여행길이 막힌 지금, 여행지에서 사 온 머그컵이 내 추억의 플랫폼이 되었다. 머그컵에 커피를 마시며 나는 매일 '그곳'으로 산책을 나선다. 기적처럼, 일상의 회복을 간절히 기다리며.

변이 바이러스의 소리 없는 아우성

오미크론 변이 바이러스가 우세종이 되면서 확진자 수가 연일 기록을 경신하는 중이다. 가까운 지인들이 확진되었다는 소식이 심심치 않게 들려왔다. 방역 지침이 바뀌어 우리 집에도 종합감기약 등 상비약을 구비하였다. 자가진단키트는 품귀 현상이라 서울에 있는 작은애가 구해서 보내 주기로 했다. 이미 익숙해진 일이지만 최대한 외출도 삼갔다.

하루 확진자가 무려 십만 명을 넘어가고 있을 때였다. 낮에 집에서 샤워를 하고 잠시 외출을 하고 돌아온 남편이 감기 기운이 있다고 했다. 추운 날씨에 머리를 제대로 말리지 않고 나가서 감기에 걸린 것 아니냐고 했지만, 내심 겁이 더럭 났다. 일단 방에서 나오지 못하게 하고 밥도 따로 먹었다. 집안에서 최대한 마주치지 않기로 했다. 먹고 난 식기는 열탕 소독을 하고 소독액을 집안 곳곳에 뿌렸다.

다음 날 아침, 남편은 밤새 잠을 못 잤다면서 PCR검사를 받으러 가겠다고 했다. 검사 결과 양성이었고 동거 가족인 딸과 나도 검사를 받으라는 문자가 왔다. 이틀 사이에 가족이 모두 확진이 되었다. 확진자가 많이 나와도 설마 내가 걸릴 것이라고는 생각지 못했다. 남편은 아무리 생각해도 어디서 누구에게 감염이 되었는지 모르겠다며 고개를 갸웃거렸다.

오미크론은 잠복기가 평균 4.2일로 전파력이 높아 증상이 나타나기 전에 이미 주변에 감염을 시킨다고 한다. 함께 사는 가족이 조심한다고 감염이 안 될 리 만무했다. 무증상자들도 많아서 이들은 본인이 걸린 줄도 모르고 외부 활동을 하니 확진자가 걷잡을 수 없이 늘어나는 것 같았다. 남편 역시 무증상자에게 감염된 것은 아닐까 추측해 보는 수밖에 없었다.

우리는 PCR 검사일로부터 7일간 재택 치료에 들어갔다. 우리 부부는 연령상 집중 관리군에 속해 전담 병원이 정해졌다. 휴대폰에 '생활치료센터' 앱을 다운 받아 하루 두 번씩 체온과 맥박, 산소포화도 수치를 입력하면 병원에서 매일 확인 전화가 왔다. 체온계와 산소포화도 측정기는 몇 가지 약과 소독제 등과 함께 집으로 전달되었다. 일반 관리군에 속한 딸은 지정된 병원에 전화로 접수를 하고 의사에게 비대면으로 진료를 받은 후 처방을 받았으나 약을 지으러 갈 사람이 없었다. 가족 모두 확진이 되어 나갈 수가 없었던 것이다. 지인에게 부탁하여 약을 지어 왔다.

오미크론 증상은 독감이나 몸살감기에 걸렸을 때와 비슷했다. 초기 코로나와 델타 변이 바이러스는 고열이 나며 폐에서 번식해 폐렴 등 치명적인 호흡기 문제를 일으켰지만, 오미크론은 코·인후두·구강 등에서 번식해 경미한 증상만 유발한다고 한다. 다행히 가족 모두 체온은 정상을 유지했지만 식은땀과 근육통, 목 아픔과 가래, 콧물과 기침, 피로감과 갈증이 주 증상으로 나타났다.

가족끼리도 시차를 두고 확신이 되어 집인에서도 마스크를 끼고 위생 관리에 신경을 썼다. 생활 수칙에 가능하면 화장실도 분리 사용을 권했으며 공기 청정기나 환풍기도 켜지 말라고 돼 있었다. 비말 감염이 되니 이웃에게 피해를 끼칠 수 있다는 뜻이었다. 공기 중에 날아다니는 보이지 않는 바이러스는 그야말로 소리 없는 아우성이었다.

당장 먹는 일이 문제가 되었다. 배는 고픈데 입맛이 없고 조리할 엄두도 나지 않았다. 평상시에도 잘 먹지 않는 인스턴트 구호 식품은 보기도 싫었다. 그러던 중 가족이 다 확진된 것을 알게 된 지인이 아귀찜을 문 앞에 갖다 주었고, 이후로도 신선한 과일과 간식 등을 챙겨 주었다. 어쩔 수 없이 우리도 배달 음식에 의존하게 됐는데 입맛이 없어 많이 남기게 되었다. 일회용품이 집안 가득 쌓이고 음식물 쓰레기도 쌓였지만 당장 버릴 수가 없었다. 비닐에 따로 보관하여 격리가 해제되는 날 소독하여 배출하라고 했다.

그동안 환경을 생각하며 작은 것이라도 실천해 오던 일들이 이번 일로 와그르르 무너진 것 같아 마음이 불편했다. 어쩔 수 없다고는 하나 이런 일은 악순환을 거듭하기 때문이다. 탄소 중

립도 자신이 건강해야 실천할 수 있는 일이라는 것을 깨달았다.

살다가 별일을 다 겪는다 싶었지만 어차피 걸렸으니 푹 쉬자며 마음을 다스렸다. 3차까지 접종한 백신으로 가볍게 지나가기를 바랐지만 격리 치료 5일차에도 썩 가볍지만은 않았다. 걸리고 싶어서 걸린 것이 아닌데 남편은 몹시 미안해했다. 먼저 확진된 남편은 곧 격리가 풀릴 것이고 뒤따라 우리도 해제될 것이다. 이렇게 한 번 걸리고 나면 면역이 생겨 두 번 다시 걸리지 않으면 좋겠는데 그런 것도 아니라고 한다. 우울하고 답답한 마음이 드는 것도 어쩔 수 없었다.

PCR검사를 받으러 갔을 때 우리 앞에 젊은 아빠와 어린 딸이 있었다. 접수할 때 어린 딸은 2018년생이라고 했다. 코로나가 시작되기 불과 2년 전에 태어난 아이였다. 세상에 오자마자 마스크를 낀 사람들만 보고 자라는 저 아이가 너무나 안쓰럽고 불쌍해서 마음이 몹시 아팠다. 앞으로의 세상이 어떻게 전개될지 참으로 걱정스러웠다.

백신 개발에 관심과 지원을 아끼지 않는 빌게이츠가 얼마 전, "뭔지는 모르지만 우리는 또 다른 팬데믹을 맞이할 것"이라고 말했다. 이처럼 무서운 말이 어디 있단 말인가? 그렇지만 닥치면 또 당해야 하고 우리는 새로운 길을 모색하며 살아가게 될 것이다. 다만 미래 세대 우리 아이들에게 좋은 세상을 물려주지 못할 것이기에 그 부채 의식에서 벗어나기는 쉽지 않을 것 같다.

3부 투세

펜싱 경기에 '투세touche'라는 말이 있다. 공격이 성공해서 점수가 났을 때 외치는 말이다. 찌른 사람이 아니라 찔린 사람이 내는 소리다. 그러니까 투세는 '찔렀다'가 아니라 '찔렸다'라는 뜻이다. 득점한 사람이 아닌, 실점한 사람이 손을 들고 점수를 주는 것이다.

텅 빈 봄날에서 꽉 찬 봄날로

늦봄, 두 번의 콘서트를 가게 되었다. 비록 공연장 안에서는 마스크를 벗지 못했으나 많은 사람 속에서 함께 손뼉 치며 공연을 본다는 사실만으로도 가슴이 벅찼다. 햇수로 삼 년 만이었다. 무대 위의 가수도 객석의 관객도 감격스럽기는 마찬가지였다.

'그 하찮은 미생물' 코로나19 바이러스는 그동안 아무렇지도 않게 누렸던 일상이 얼마나 소중한 것이었는지를 절절하게 일깨워 주었다. 긴가민가했지만 그간의 경험으로 잠시 왔다 지나갈 것이라고 믿었다. 예상은 보기 좋게 빗나갔다. 준비 없이 맞이한 격리된 일상을 어떻게 보내야 할지 몰라 몸도 마음도 헷갈렸다. 온 국민이 방역 당국과 합심하여 잠잠해지나 싶으면 어디선가 빌런이 나타나 일파만파 퍼트리길 몇 차례, 끝이 보이지 않았다. 마스크를 사기 위해 정해진 날짜에 약국 앞에서 줄을 섰고, 명절이 되었지만 떨어져 사는 가족 간에도 왕래를 하지 못했다.

벌어지고 있는 상황을 받아들일 수밖에 없었다. 격리된 일상이 고통스럽기는 했지만 견뎌 나갔고 흐르는 시간 속에서 조금씩 적응이 되었으며 나름 갇힌 일상을 즐기는 경지에 이르렀다. 물론 그동안 누렸던 많은 것을 포기했기 때문에 가능했던 것이다. 하지만 '그전에 누렸던 것이 모두 소중했고 꼭 필요했던 것일까.'에 대해 생각하게 만든 시간이기도 했다.

평소보다 더 열심히 집안을 청소하고 요리에 열중했으며 화초에 눈길 주는 시간이 늘어났다. 종일 문밖출입을 하지 않는다는 것이 자신을 위하는 길이라 참았지만 정 견디기 힘들 때는 마스크 단단히 쓰고 길 건너 공원으로 산책을 나갔다. 미세먼지 사라진 더없이 맑은 봄날, 꽃은 흐드러지고 봄바람은 살랑댔지만 텅 빈 공원은 썰렁하기만 했다. 사람이 들어야 운영이 되는 영화관은 물론이거니와 전시관이나 공연장, 야구장 등도 텅 빈 봄을 견디고 있었다. 사람을 담지 못하는 실내 공간은 봉인된 진공관 같았다.

사회 전반이 정상적으로 작동하지 못하는 이 기막힌 현실이 두려움으로 다가왔다. 과연 끝나기는 할 것인가? 코로나19 감염병이 시작되고 몇 달 지나지 않아 포스트 코로나를 이야기하는 사람들이 있었지만 포스트 코로나는 오지 않았다. 지금도 끝난 것이 아니기 때문이다. 그사이 전 국민의 70% 이상이 백신을 세 번씩 맞았으나 변이 바이러스에 감염된 확진자가 하루 몇십만 명씩 나왔다. 가까운 사람들의 확진 소식이 심심치 않게 들리더니 급기야 우리 가족도 확진이 되고 말았다.

온 국민이 된통 겪고 나자 급격하게 치솟던 확산세가 수그러들었다. 또 다른 변이 바이러스의 걱정이 없지 않았으나 조심스럽게 일상 회복에 대한 이야기가 나오기 시작했다. 장사를 제대로 하지 못했던 소상공인과 무대 위에 서는 예술인, 프리랜서 등 사람들의 고통은 이루 말할 수 없었다.

코로나 속에서 맞이한 세 번째 봄날, 제비가 박씨를 물어다 주듯 반가운 초대권이 날아왔다. 우리 시대의 가수 최성수, 정수라, 이치현 밴드가 출연하는 공연이었다. 기꺼이 기쁜 마음으로 공연장을 찾았다. 줄을 서서 입장하는 사람들을 보는 것이 얼마만의 일인가! 무대에 선 가수들은 이구동성으로 이 무대를 마련해 준 주최 측에 감사했다. "가수가 설 무대가 없으니 아무 할 일이 없더라."고 했다. "관객을 위해 노래하는 일 말고 할 줄 아는 것이 하나도 없더라."고 했다. 길고 긴 고통의 터널을 지나왔을 무대 위의 가수들을 보며 동병상련의 아픔이 느껴졌다. 다시 무대를 찾은 그들에게 손바닥이 얼얼하도록 박수를 치며 응원을 보냈다. 한 공간에서 함께할 수 있다는 것에 진한 감동이 밀려왔다.

또 하나의 공연은 가수 이미자 선생의 '노래 인생 60주년 기념 콘서트'였다. 솔직히 예전에는 이미자의 노래를 썩 좋아하지 않았다. 소위 '뽕짝'이라 불리던 트로트는 당시 젊은이들에게 크게 사랑받지 못했었다. 살다 보니 생각이 바뀌고 정서도 바뀌었다. 우리 민족의 애환이 고스란히 들어있는 이미자의 노래를 들으며 나의 어느 시절이 소환되어 예상치 못한 추억에 젖어들었다. 눈시울을 붉히는 사람도 보였다.

해방되기 몇 해 전에 태어나 해방을 맞이했으며 한국 전쟁을 겪었다. 월남전 참전 용사들을 위해 최초로 위문 공연을 다녀왔으며 코로나19 감염병까지 겪은 그야말로 우리나라 근현대사를 두루 관통하며 살고 있는 이미자 선생이었다. 노래 한 곡 한 곡마다 녹아있는 이야기는 우리의 살아있는 역사이기도 했다. 문예회관 대강당을 가득 메운 사람들은 열렬하게 환호하며 박수를 쳤다. 팔순 노구임에도 혼신의 힘을 다해 노래하는 국보급 가수 이미자 선생에게 깊은 경의를 표했던 꽉 찬 봄날이었다.

사회적 거리 두기가 완화되면서 밀려있던, 미뤄 두었던 각종 행사와 모임이 봇물 터지듯 터져 사람들의 일상이 또다시 바빠졌다. 텅 비어 있던 야구장이 꽉 차고 영화관, 공연장도 사람들로 붐비기 시작했다. 그러나 우리는 잊지 말아야 한다. 언제 또 보이지 않는 '그 하찮은 것'에 인류가 무너질지도 모르기 때문이다. 코로나 바이러스 앞에서는 우리 모두 똑같이 연약한 존재일 뿐이라는 것을 알지 않았던가. 작은 미생물과 사투를 벌이면서 새로운 삶의 태도와 방향, 삶의 가치에 대해 진지하게 고민했던 시간을 잊어서는 안 될 것이다.

가성비와 가심비 사이

올겨울은 시베리아보다 더 추운 날씨라 했다. 그것을 증명이라도 하듯, 수은주가 나날이 아래로 곤두박질쳤다. 매서운 한파에 놀란 나는 급기야 그동안 입지 않던 내의를 사러 갔다. 내 것을 사러 갔다가 거동이 불편한 친정어머니와 서울에 있는 딸들 생각이 났다. 몇 벌을 한꺼번에 사려니 값을 따지지 않을 수 없었다. 비슷해 보이는데 가격이 다 달랐다. 이것저것 만지작거리다가 값이 저렴하면서도 질이 떨어져 보이지 않는 것으로 구입했다.

우체국에 내의를 부치러 가는 길에 얼마 전 속옷 가게를 접은

지인을 만났다. 이만코저만코하여 내의를 싼값에 사게 되었다고 자랑했더니 그것은 아마 중국산일 거라고 했다. 짜임도 촘촘하지 않아 보기보다 보온성이 떨어질 거라고도 했다. 우체국으로 향하던 발걸음이 갑자기 무거워졌다. 가성비를 따지다가 "약은 고양이 밤눈 어두운 꼴"이 된 것만 같았다.

근래 몇 년 사이 소비시장에서 가장 친근하게 쓰인 말을 꼽으라면 단언 '가성비價性比'가 아닐까 싶다. 상품의 가격과 성능에 초점을 둔 가성비는 먹고, 마시고, 즐기는 모든 것에 선택의 기준이 되었고 사람들은 그것을 따지며 소비 생활을 즐겼다. 대형 마트에 가면 가성비를 내세운 각종 광고들이 줄을 이었다. '가성비 갑'이라는 푯말 앞에 사람들이 북적거렸다. 하루가 다르게 오르는 물가에 나 역시 어느 순간부터 그것을 따지고 있었다.

얼마 전 '살균제 달걀' 파동으로 양계장이 된서리를 맞았다. 내가 자랄 때는 꼭 시골이 아니더라도 집에서 닭을 키웠다. 닭장에 옹기종기 모여서 매일 낳은 유정란을 먹었는데 양이 많지 않아 달걀은 귀한 음식이었다. 그러던 것이 산업화 바람으로 양계장이 생겨났고 밤낮도 없이 알을 낳는 닭들의 희생으로 우리는 그동안 가성비 높은 달걀을 귀한 줄 모르고 먹었다.

"물건을 모르면 값을 많이 쳐서 주라."는 옛말이 있고, "싼 게 비지떡."이란 속담도 있다. 아이들에게도 어머니에게도 괜스레 미안했다. 세상에 싸고 질 좋은 물건이 어디 있겠는가. 상품의 값을 낮춰 놓고 원가를 맞추려면 원자재나 부속품 따위를 좋은 것으로 사용할 수 없다는 것은 뻔한 이치다. 값싼 무정란이 그렇고 몸에 해로운 생리대가 그러하다. 질보다 양을 우선시하고 싼값에 치중하다 보니 이런 문제들이 생겼다.

그래서일까? 사람들은 불안한 마음이 되었다. 믿을 수 있는 상품에 관심을 가지게 되었다. 가성비 홍수 속에서 가심비價心比란 말이 등장했다. '심리적 안정을 위해 비싸더라도 지갑을 더 여는 것.'을 가심비라고 한다니 말도 참 기발하게 잘 지어냈다.

아이를 키우는 엄마들은 시중 가격보다 서너 배는 비싼 유기농 달걀을 배달시킨다. 젊은 여성들은 친환경 소재의 순면 생리대를 선호하는데 물건이 없어서 못 판다고 한다. 불신과 불안이 만들어낸 이른바 '플라시보 소비'가 가성비를 제치고 가심비로 넘어가고 있다.

내의를 받은 딸들과 어머니는 따뜻해서 좋다며 만족스러워했다. 보내 놓고도 찜찜한 마음을 떨칠 수 없었던 나는 적이 안심이 되었다. 엄마가 보낸 것인데, 딸이 보내준 것인데라는 심리적 안정이 만족감을 나타낸 것일지도 몰랐다.

돌이켜 보면 나는 늘 가성비와 가심비 사이에서 고민을 했던 것 같다. 마트에서 장을 볼 때, 특별한 달걀과 일반 달걀을 들었다 놨다 했으며 하나 사면 하나를 더 주는 상품 앞을 기웃대다가 유통 기한이 임박한 것이라는 걸 확인하고는 슬며시 제자리에 두기도 했다. 얄팍한 지갑을 생각하면 한푼이라도 저렴한 것을 사야 하고 불안한 마음을 지우려면 지갑을 활짝 열어야 하지만 물건을 고를 때마다 갈등이 생기는 것은 어쩔 수 없다.

전쟁을 겪은 세대는 아니지만 나는 전쟁을 몸소 겪은 부모님 밑에서 자랐다. 그 시절에는 물자가 귀해서 모든 것을 아끼지 않으면 안 되었다. 물건의 질 같은 것은 따질 수도 없었다. 소비가 미덕인 시대에도 나는 절약 정신이 몸에 밴 탓인지 쓰던 물건을 허투루 버리지 못한다. 기분대로 물건을 사지도 않으며, 필요한 것을 살 때도 요모조모 따지는 편이다. 그런 습관으로 예전부터 가성비 높은 소비를 했던 것 같은데, 환경이 바뀌고 가치관이 달라지니 생각을 바꿔야 하나 싶다. 하지만 그동안 나를 지배해 왔던 의식에서 벗어나기도 쉽지는 않다.

가성비 높은 것은 과연 신뢰할 수 없는 것일까? 나는 싸고 좋은 물건을 더러더러 만난 적이 있고, 브랜드만 믿고 비싸게 산 물건도 실망스러울 때가 있었다. '지갑을 안심시킬 것인가, 마음을 안정시킬 것인가?' 나는 오늘도 헷갈리는 마음을 안고 마트로 향한다.

러브게임 테니스

호주 오픈 8강전 경기가 생중계 중이다. 최강 한파로 전국이 꽁꽁 얼어붙은 날, 남반구에 위치한 호주 멜버른은 선수들의 땀과 관중의 열기로 후끈 달아올랐다. 우리나라 최초로 8강에 진출한 정현 선수가 뛰고 있다. 약관을 갓 넘긴 정현은 16강전에서 '노박 조코비치'를 3대0으로 이겼다. 세르비아의 영웅 조코비치는 메이저 대회에서 열두 번이나 우승을 거머쥔 어마무시한 선수다. 그런 조코비치를 이겼으니 그 여세로 8강에서 붙은 미국 선수도 무난히 이길 것으로 보인다. 이대로라면 4강 진출도 가능할 것 같다.

며칠 사이 우리나라 테니스 역사를 다시 쓰게 한 정현 선수 덕분에 누구보다 신이 난 사람은 남편이다. 그의 팬인 남편은 마치 자신이 세계무대에 선 것처럼 기쁜 모양이다. 사십 년도 넘는 구력을 자랑하는 남편은 테니스 마니아로 평생 공을 치며 살고 있다. 그런 남편 때문에 젊은 시절 나는 무척 힘든 시간을 보냈다. 직장에서든 사회에서든 활동이 왕성했던 삼사십 대에 남편은 일과 테니스에 빠져 살았기 때문이다.

당시 우리는 맞벌이 부부였다. 육아와 가사 노동을 분담하지 않으면 나 혼자로서는 역부족이었다. 그런데 남편은 주말만 되면 테니스 코트에서 살았다. 월례회는 분명 한 달에 한 번 하는 것인 줄 알았는데 어찌된 일인지 주말마다 월례회에 간다며 새벽 댓바람부터 집을 나갔다. ㅇㅇ클럽, ㅁㅁ클럽 등 가입된 클럽이 서너 개가 되니 그럴 수밖에 없었다. 그뿐인가. 여름에는 퇴근 후 야간에도 테니스를 쳤다.

그때는 토요일까지 근무를 했기에 쉬는 날은 일요일 달랑 하루뿐이었다. 밀린 집안 일과 아이들을 돌보다 보면 나는 주말 밤이면 초주검이 되었다. 날이면 날마다 공을 치러 나가는 그가 얼마나 미웠는지 모른다. 건강을 위해서 운동을 하는 것은 나쁜 일 아니지만 밤늦게 들어오는 그를 보면 테니스만 친 게 아니라 술까지 치고 들어오는 날이 부지기수였다. 집안일에 지치고, 독박 육아에 진이 빠진 나는 남편의 뒤통수도 보기 싫었다.

우리 집 현관은 테니스 운동화에 딸려 온 모래로 늘 버석거렸다. 빗자루로 모래를 쓸어내다가 구석에 세워 놓은 라켓을 노려보기 일쑤였다. 저것을 확 분질러 버리든가 공에 구멍이라도 내고 싶은 심정이었다. 성질 팔팔하던 그때 나는 공치는 남자와 지긋지긋하게도 싸웠다. 오죽하면 아이들에게 나중에 너희 아버지 제사상에는 다른 거 다 필요 없고 테니스 라켓과 공만 올리면 된다는 말까지 했을까.

아내의 잔소리도 아랑곳하지 않던 남편은 이 지역 아마추어들 중에 제법 잘나가는 실력파 선수가 되었다. 오랜 구력에다 유난히 발이 빨라 대회에 나가기만 하면 상을 받아왔다. 부상은 주로 생필품이라 오랫동안 샴푸, 린스, 치약, 휴지 등을 사서 써 본 적이 없다. 상이니 공짜 같지만 결코 그렇지 않다는 것을 나중에 알았다. 월 회비는 당연하고 경기에 나갈 때마다 참가비는 물론, 상탄 기분으로 찬조금까지 아낌없이 냈다는 것을.

그런 사람과 삼십 년 넘게 살고 있지만 나는 테니스 라켓 한 번 잡아 본 적 없으며 경기 규칙도 잘 모른다. 메이저 대회 시즌 때마다 남편이 텔레비전 앞에 코를 박고 앉아 '나달'이 어떻고 '힝기스'가 어떻다 해도 별 관심이 없다. 그래도 "서당 개 삼 년이면 풍월을 읊는다."고 4대 그랜드 슬램이 무엇인지, 영국 윔블던 경기에서는 지금도 선수 유니폼뿐 아니라 속옷과 운동화까지 흰색만 허용된다는 것을 자연스레 알게 되었다.

러브를 외치며 운동하는 것은 테니스밖에 없다고 한다. 테니스에서 한 게임을 이기기 위해서는 4포인트를 먼저 따야 하는데 상대에게 한 포인트도 내주지 않고 40 대 0으로 이기는 것을 '포티러브'라고 한다는 것이다. '0' 대신 러브로 부르는 로맨틱한 운동이 테니스라니! 그 말을 남편에게 듣고 주말 과부로 살아온 나는 무슨 같잖은 사랑 타령인가 싶어 코웃음이 나왔다.

아내의 구박을 무릅쓰고 시도 때도 없이 라켓을 휘두르던 남편이 오십 중반이 넘어가자 테니스 코트 출입이 잦아들었다. 테니스와 술에 정신 팔려 살던 때도 시간 앞에 서서히 무력해졌다. 인정하기 싫어도 몸이 나이를 말해 주니 스스로 조절을 하는 것 같았다. 그 모습이 생경해서 한동안 적응이 되지 않았다. 이즘의 나도 한가하기 이를 데 없어 공을 치든 말든 잔소리 따위 할 생각이 없는데 남편은 예전만큼 빠져 있지는 않다. 이런 날이 올 줄 그도 나도 몰랐다.

테니스는 쉽게 느는 운동이 아니어서 꾸준하게 하지 않으면 좀처럼 실력이 늘지 않아 포기하는 사람이 많다고 한다. 골프가 대중화 바람이 불어 너도나도 필드로 나갈 때도 그는 테니스 코트를 지켰다. 곁눈 한 번 팔지 않고 지금까지 테니스를 사랑하는 것을 보면 대단한 것 같기도 하다.

호주 오픈에서 파죽지세로 돌풍을 일으키고 있는 정현 선수가 4강 진출을 확정 지은 후 인터뷰를 하고 있다. 유창한 영어로 조크까지 던지는 모습이 재기 발랄하다. 정현 선수는 그의 우상이라는 테니스 황제 '페더러'와 4강에서 맞붙게 되었다.

지켜보던 남편이 격세지감을 느낀다며 정현 선수가 이룩한 쾌거에 극찬을 아끼지 않는다. 4강 진출에 벌써부터 흥분 상태다.

그의 얼굴에 한창 일과 테니스에 빠져 파이팅 넘치던 모습이 스쳐 지나간다. 미쳐 사는 것도 한때, 생의 전성기도 한때인 것을, 우리는 그것을 세월이 흐른 뒤에야 비로소 깨닫는다.

평생 현역

그가 다시 취직을 했다. 군에서는 지휘관으로, 직장에서는 간부로 근무했던 그는 한 번도 해본 적 없는 일에 도전했다. 사회 전반적으로 조기 퇴직한 사람들이 많아 경쟁이 치열했지만, 간절한 마음이 닿았는지 그에게 자리가 주어졌다. 예전과 비교할 수 없는 액수지만 매달 따박따박 들어오는 월급이 그렇게 고마울 수가 없었다.

결혼 후, 혼인 신고를 마치고 온 그는 이제 '가장'이 되었다고 했다. 첫아이가 태어나 출생 신고를 마치고 온 그의 얼굴이 상기

되어 있었다. 자기 밑으로 달리기 시작한 부양가족을 보면서 한 여자의 지아비로, 아이의 아버지로 살아야 한다는 것에 전율이 일었다고 했다. 그것은 평생 가장으로 살아가야 하는 거부할 수 없는 남자의 운명 같은 것이기도 했다.

그는 몇 해 전에 정년퇴직을 했다. 언제부터인가 정년을 채우는 사람보다 '명예퇴직'이란 이름으로 조기에 퇴직하는 사람이 많았다. 정년까지 일을 하고 나온 그가 대단한 것 같았다. 그는 남들보다 열심히 일했고, 남들보다 많은 일을 벌였지만 정년 후 그의 앞에 놓인 삶은 그다지 안정적이지 못했다.

천성이 부지런한 그는 퇴직을 하고도 새로운 일을 하고자 동분서주했으나 현직에서 물러난 장년에게 주어지는 노동의 기회는 많지 않았다. 할 수 있는 일도 제한적이었다. 이름만 대면 누구나 아는 대기업에서 평생 사무만 보던 사람이 연계해서 할 수 있는 일은 별로 없었다. 그러나 그에게는 학업이 채 끝나지 않은 자녀가 있었고 몸이 부실한 아내와 노쇠한 어머니가 있었다.

그 어디에도 비빌 언덕이 없는 그는, 가장으로서의 책임과 잘 살고 싶은 욕망에 부대끼며 한 세월을 보냈다. 그러다 보니 길이 아닌 곳으로 불쑥 들어가다 길을 헤매기도 했고, 벼랑 끝에 서기도 했다. 팔랑귀가 되어 흘러버려도 좋을 이야기에 힘을 쏟기도 했다. 급기야 무리수를 두어 크게 엎어지고 말았다. 세상에 이보다 어리석은 사람은 없었다. 엎질러진 물은 주워 담을 길 없이 그대로 흘러가 버렸다.

신혼의 단꿈으로 평생을 살 수 있다면 좋겠지만 단꿈은 그야말로 잠시, 찌그럭대지 않고 가정을 꾸려가기란 쉬운 일이 아니었다. 그럴 때마다 이 남자처럼 이상한 사람은 없다고 생각했다. 그는 꾀부리는 법 없이 열심히 일을 했지만, 더러 하지 말았으면 하는 일에서도 벗어나지 못했다. 일이 어그러질 때마다 나는 뒤치다꺼리를 하느라 점점 기운이 빠졌다.

풍파를 겪는 동안 여러 차례 계절이 오고 갔다. 꽃 피고 열매 맺던 호시절은 우리에게서 점점 멀어져 갔다. 늦가을 황혼만이 우리 앞의 풍경으로 펼쳐졌다. 지칠 대로 지친 나는 이제 그만 이 생활에 마침표를 찍고 싶었다. '황혼 이혼'이나 '졸혼'이라는 단어가 내 귀에 대고 속삭이기 시작했다. 벗어나라고, 자유를 찾으라고 유혹하기 시작했다.

동창생 자녀의 결혼식장에서 오랜만에 고향 친구들을 만났다.
대부분 현직에서 은퇴한 노장들이지만 아직 공무원이나 공기업
에 근무하는 친구도 있었다. 그들은 다가올 날을 불안해 하면서
도 노후 준비의 청사진을 펼쳤다. 그중에서 퇴직을 목전에 둔 한
친구는 유난히 힘겨워했다. 출가시키지 못한 자녀와 건강하지
못한 아내 걱정으로 우울증에 시달린다고 털어놨다. 아픈 아내
가 걱정할까 봐 집에서는 아무렇지 않은 척 속앓이만 한다고 했
다. 먼저 겪은 친구들이 다 살게 되어 있다며 미리 걱정하지 말
라고 위로를 해도 귀에 들리지 않는 눈치였다.

　몹시 힘들어하는 친구의 모습에서 뜬금없이 낯익은 얼굴 하나
가 오버랩 되었다. 그도 그때 저런 심정이었을까? 그랬던 것일
까? 감정을 드러내지 않는 무덤덤한 남자지만 속마음도 그럴 것
이라 여겼던 것은 나만의 착각인지도 몰랐다. 친구들과 헤어져
돌아오는 길에 많은 생각이 오고 갔다. 과연 나만 못 견디게 힘
들었던 것일까?

　혼인 신고를 하고 출생 신고를 했을 때부터 지금까지 그에게
어깨 가벼운 날이 몇 날이나 있었을까. 쓸 일은 언제나 차고 넘

쳤다. 잘살아 보고자 벌였던 일은 종종 엇길로 새 버리니 알곡이 쌓일 리 만무했다. 게다가 몇 해째 요양 병원에서 꺼져가는 생명을 부여잡고 있는 어머님까지 그의 어깨를 짓누르고 있었다. 그 어깨는 만성 통증에 시달리며 밤마다 욱신거렸을 것이다.

이순의 중턱을 넘어가는 그의 이마는 점점 넓어지고 서리 내린 정수리는 휑하게 비어갔다. 꼿꼿한 허리는 마지막 자존심으로 버티고 있는 중이었다.

출근 준비를 하는 그의 등에 섬광 한 줄기가 번쩍인다. 야광 띠가 가로질러진 근무복 점퍼를 입은 그의 뒷모습에 나는 그만 눈가가 지짐거린다. 한때는 등판 전부가 자신감과 단단함으로 번쩍였을 그의 청춘은 이제 어디에도 없다. 살아오면서 무던히도 나를 당혹스럽게 하고, 때로는 견딜 수 없이 숨막히게 했던 시간도 이제 다 용서해 줘야 할 것만 같다.

인생의 고빗길을 걸어가고 있는 그는 평생 현역이다. 나는 지금, 다시 직장 생활을 시작한 그를 위해 때때마다 따신 밥을 차려내는 일에 몰두하고 있다. 뜨끈하게 속을 데우고 나가야 밥심으로, 뱃심으로 허리 꼿꼿이 세워 가장 노릇을 할 수 있는 것이다. 일을 한다는 것은 결국 밥을 위한 것이 아니던가. 삶을 영위하는데 가장 기본적인 것이 밥이요, 사는 일에 의욕을 불러일으키는 것의 원천도 밥이다.

이 나이에 출근할 수 있다는 것만으로도 감사하다며 씩씩하게 문을 나서는 그를 배웅한다. 가정의 책임자로 삶에 최선을 다하려는 그의 선택과 용기가 오늘따라 더욱 거룩하게 보인다.

오지랖

좋은 뜻으로, 상대를 아끼는 심정으로 마음을 보냈다가 낭패를 보는 경우가 있다. 의도했던 것과는 전혀 다르게 상황이 전개되면 당황스럽다 못해 곤혹스럽다. 뜻하지 않게 내게도 그런 일이 생겼다.

　같은 글쓰기 모임에서 열심히 공부하는 한 후배의 모습이 예전의 내 모습을 보는 것 같아 눈여겨보던 중이었다. 그런 후배가 한 날, 소통이 제대로 되지 않아 엇박자가 난 일을 털어놓았다. 그다지 큰 문제는 아니었지만 후배 입장이 애매해진 것 같아 그 일을 바로잡아 주었다. 덕분에 일이 잘 해결되었다고 전화가 왔다.

결실의 계절이었다. 이제 막 문단에 들어 치열하게 공부를 하고 있는 후배에게 통화를 끝낼 무렵, 좋은 소식이 없는지 물었다. 아니나 다를까. 낭보를 알려 주어 축하의 말을 건넸다. 아직 공식 발표를 하지 않았으니 선배만 알고 있으라고 했다. 그런데 내가 알기로 그 공모전은 등단한 사람이 참가할 수 없는 곳이었다.

후배는 그런 규정이 없었다고 했다. 그동안 자격 요건이 바뀐 줄 알고 통화를 끝냈다. 내 말에 찜찜한 기분이 들어 후배가 다시 꼼꼼히 살펴본 모양이었다. 기타 사항에 등단자는 응모할 수 없다는 내용이 들어 있더라며 무척 당황스러워했다. 듣는 나도 같은 기분이었지만 알아서 잘 판단하라는 말밖에 할말이 없었다.

본인도 인정했지만, 제대로 살피지 않고 글을 내버린 것이 가장 큰 실수였다. 어떤 일을 행할 때는 자격과 규정이 뒤따른다. 그것을 간과해 버리면 다된 밥에 코가 빠지고 생각지도 못한 낭패를 당할 수도 있지 않던가. 이런 경우에 그녀를 아끼는 사람이라면 어떻게 해야 마땅할까?

그 공모전은 신인들에게만 열려있다는 것을 나만 알고 있는 것은 아니다. 설사 모르고 한 일이라도 알고 난 뒤에는 바로잡아야 하고 먼 길을 함께 걸어가야 할 후배를 위해서도 그것이 옳다는 생각이 들었다.

낮에 밖에서 통화를 했던 일이 내내 마음에 걸렸다. 손 전화기를 들었다 났다 한참을 망설였다. 어둠발이 내릴 무렵 후배에게 전화를 했다. 등단을 했다 하나 아직 문단 세계가 어떻게 돌아가는지 잘 모르고 있는 후배를 위해, 그녀의 앞날을 위해 마음을 담아 이야기를 했다. 모르고 한 일이지만 상을 받고도 기쁜 마음보다 꺼림칙한 마음이 든다면 지금이라도 바로잡는 게 순리가 아니겠는가, 라며 조언을 하고 말았다. 앞으로 더 좋은 일로 전화위복이 될 것이라는 말도 잊지 않았다. 충분히 그럴 수 있는 후배였기에 진지하게 말을 해 주었다. 영민한 후배도 선배 말이 맞겠다며 날이 밝으면 주최 측에 알리겠다고 했다.

다음 날, 늦은 오후에 후배로부터 문자가 날아왔다. 주최 측에 등단 사실을 알렸더니 논의 끝에 원칙대로 해야 한다며 취소가 결정되었다고 했다. 문자 말미에 "저 잘했죠?"라는 문구가, 밤새도록 그리고 다음날 사실을 알릴 때까지 얼마나 곤혹스러웠을까 미루어 짐작이 되어 마음이 편치 않았다. 하지만 선배의 말을 듣고 용기를 낸 후배가 고마웠고 앞으로 그녀가 걸어갈 길에 미약하나마 힘이 되어 주고 싶었다.

위로와 격려의 말을 문자로 담기에 충분치 않을 것 같아서 전화를 했다. 그때까지만 해도 일이 잘 마무리된 줄만 알았는데 그게 아니었다. 어쩌다 보니 모임의 회장에게 알려지게 되었고 문집 발간을 앞두고 있어 편집진들도 알게 되었다. 공식 발표도 나지 않은 상태에서 몇몇 사람들이 미리 알게 된 것이다. 후배는 발표 전에 취소를 할 생각이었는데 바람결에 소식을 접한 문우들이 축하 문자를 보냈다는 것이다. 일은 이렇게 뜻하지 않은 방향으로 흘러갔다.

난감해진 후배가 아니라고, 이러저러해서 취소할 거라고 했더니, 기왕 이렇게 된 거 그럴 필요까지 있냐며 잠자코 있으라 했다는 것이다. 열에 아홉이 그렇게 말을 했다니 그러면 아니된다고 말한 사람은 나 혼자인 셈이었다. 뒷감당은 오롯이 후배의 몫이겠지만, 나만 가만히 있었다면 어쨌든 후배는 상을 받을 수 있었나. 요즘 말로 멘붕이 왔다. 내가 후배에게 몹쓸 짓을 한 꼴이 되고 말았다. 짐작했던 것보다 훨씬 깊은 갈등에 빠졌을 후배를 생각하니 갑자기 내가 죄인이라도 된 것 같았다.

오히려 후배가 나를 위로했다. 모두가 가만히 있어도 된다고 했지만 한 사람이라도 아니라고 한 말이 더 큰 울림으로 다가왔다고 했다. 그 말 때문에 가만히 있을 수가 없었고, 기쁘게 받을 수 없는 상이라면 물리는 것이 맞다고 했다. 그렇지만 몹시 혼란스러웠다. 나도 다른 사람들처럼 그냥 있어도 된다고 해야 했나? 아니면 처음부터 모른 척해야 했나? 뒤에서 수군대다 말아야 했나?

우리가 그날 통화를 하지 말았어야 했다고 같이 웃었지만, 가만히 있으라고 말하는 다수가 있어 후배도 마음이 썩 편한 것 같지는 않았다. 나는 나대로 그녀 주변의 사람들이 잠자코 있으라고 했다는 말이 충격이었다. 가감 없이 전해 준 말속에 후배도 상에 대한 일말의 미련이 남아 있다는 것이 느껴졌다. 내 열두 폭 넓은 오지랖이 문제였다.

이 일을 겪으면서 고지식한 나를 다시 본다. 다들 나와 같이 생각하면서도 아니라고 말해주는 사람은 별로 없다. 속내를 감추고 잠자코 있는 사람들이 더 많다는 것도. 어쩌면 제 일도 아닌 일에 발 벗고 나서서 마음을 쓰는 이런 나를 비웃는 사람도 있을 것이다.

오지랖은 겉옷의 앞자락을 말하지만, 주제넘게 행동하는 사람을 두고도 하는 말이다. 나와는 크게 상관도 없는 일에 감 놓아라 배 놓아라 하는 일은 앞으로 두 번 다시 하지 않으리라 마음을 굳게 다져 보지만 글쎄? 내 가진 성질이 어디 갈까 싶다.

투셰

펜싱 경기에 '투셰touche'라는 말이 있다. 공격이 성공해서 점수가 났을 때 외치는 말이다. 찌른 사람이 아니라 찔린 사람이 내는 소리다. 그러니까 투셰는 '찔렀다'가 아니라 '찔렸다'라는 뜻이다. 득점한 사람이 아닌, 실점한 사람이 손을 들고 점수를 주는 것이다. 이게 펜싱의 법도다. 아이러니하게도 투셰는 많이 외칠수록 좋다. '찔렸다', '졌다'라고 외치는 순간 자신의 잘못과 실수를 깨닫게 된다는 얘기다.

　자신의 잘못을 깨닫고 인정하는 일이 생각보다 쉽지 않다. 살아갈수록 더 그런 것 같다. 잘못을 깨달을 수는 있어도 그것을 인정하고 사과하기는 무척 어려운 일이다. 누군가를 비난하는 일보다 백배 천배로 힘들다. 그래서 인간관계에 어려움이 따른다. 얽히고설킨 실타래는 단번에 풀리지 않는다. 어디가 시작점인지 짚어내어 살살 달래가며 풀어야 하고, 엎질러진 물은 담을 순 없지만 다시 담기 위해 물통을 세워 새로운 물을 담을 때 비로소 관계가 회복될 수 있다. 그것이 투셰다.

자존심 하나로 치기를 부리던 때가 있었다. 자신의 생각이 옳다고 우기며 살던 적이 있었다. 그렇지 않다는 것을 서서히 알아갔다. 하여 사과하는 법을 배우려고 애썼다. 쉽지 않았으나 역지사지의 마음이 되어 보니 잘못을 인정하는 일이 그다지 어렵지는 않았다. 의도하지 않은 일에 오해가 생겨 상대가 불쾌해하면 미루지 않고 고개를 숙였다. 고개 숙이는 일이 자존심 꺾이는 일이 아니라는 것을 알았고 설사 관계가 전과 같이 회복되지 않는다고 해도 마음이 더이상 불편하지 않았다.

완전하지 않은 우리는 어쩌면 세상살이 자체가 실수의 연속선상에 놓여있는 것인지도 모른다. 가톨릭 기도문에도 있듯이, 우리는 알게 모르게 잘못을 저지르며 사는 인격체인 것이다. 그런데 잘못한 일에 진심으로 사과하는 사람들은 많지 않다. 특히 대중에게 영향력을 끼치는 사람들이 더 그렇다. 그들에게 펜싱의 법도를 알려주고 싶다. 그런 중에도 투세를 외치는 멋진 사람들이 있다. 흔치 않을 뿐이다.

연전에 프란치스코 교황은 미사를 끝내고 그를 보려고 몰려든 수많은 사람에게 손을 잡아 주고 있었다. 교황과 손을 잡은 아이들은 환호하며 즐거워했다. 연신 성호를 그으며 자신의 차례를 초조하게 기다리던 여성 앞에서 교황이 돌아섰다. 순간, 여성이 교황의 손을 덥석 잡아 당겼다. 교황은 손을 뿌리치며 버럭 화를 냈다. 비난이 쏟아졌다. 한편으로 그도 사람이니까 그럴 수 있다며 인간적이라는 말도 나왔다.

다음 날 아침 미사에서 전날의 일에 대해 교황은 이렇게 말했다.

"사랑은 우리를 참을성 있게 만들지만 우리는 자주 인내심을 잃습니다. 그건 나도 마찬가지입니다. 어제 있었던 나쁜 선례에 대해 용서를 구합니다."

곧바로 투셰를 외친 교황을 더이상 비난할 수는 없을 것이다.

이십 년 전, 교황 요한 바오로 2세가 미사에서 지난 이천 년간 가톨릭교회가 저지른 잘못을 사과했다. 십자군 전쟁 과정의 학살, 중세의 마녀사냥, 포르투갈과 에스파냐의 아메리카 대륙 정복을 옹호한 일 등이 언급됐다. 역사는 흘러갔지만, 희생자들이 교황의 사과를 들을 순 없지만 그 상징성만으로도 큰 의미를 가진다.

근래 몇 년간 우리 사회를 보면서, 투셰의 의미를 수시로 떠올린다. '법과 원칙 그리고 상식'이 통하는 세상인가? 가슴 가득 물음표를 안고 살고 있다. 하루도 그냥 넘어가는 날이 없다. 다이내믹한 세상 한복판에서 관전자의 입장인 나는, 다소 걱정스럽기는 하나 때론 흥미롭기도 하다. 격렬하게 부딪치고 싸우면서 조금씩이나마 좋은 방향으로 나아갈 수 있을 것이라 믿고 싶다. 서로 인정할 것 인정하고 잘못을 사과한다면 품위는 저절로 지켜질 것이다.

크든 작든 일을 하다 보면 누구나 실수하고 잘못할 수 있다고 생각하나. 그럴 수 있다. 아니, 그렇다. 그럴 때마다 '찔렀다'가

아닌 '찔렸다'라고 스스로 인정하는 펜싱의 투세 정신을 떠올려
보면 어떨까. 그것은 자존심 깎이는 일이 아니라, 자존과 품격을
올리는 일이다. 잘못을 깨달으면 문제는 해결된다. 오히려 그런
이들을 존경하고 지지하는 사람들이 늘어날 것이기 때문이다.

두 교황의 투세가 빛나는 이유다.

빌런은 누구인가?

미국의 생태학자 로버트 페인*은 1963년 실험을 통하여 새로운 사실을 발견했다. 미국 워싱턴주 마카만 한곳에 폭 8m의 웅덩이를 정해 놓고 인위적으로 부커 불가사리를 제거하기 시작했다. 그 웅덩이에 서식하는 다른 생물들이 부커 불가사리에게 잡아먹히고 있었기 때문이다. 불가사리를 제거하면 웅덩이 안의 다른 생물들이 다양하게 살 수 있을 것이라 생각했다.

　부커 불가사리가 제거되고 일 년이 지났다. 웅덩이에 살던 15종의 생물들이 8종으로 줄어들었고 9년 후에는 모두 멸종되었다. 말미잘, 따개비, 다시마 숲과 그 숲에 살던 물고기들이 줄줄이 사라지고 그곳에는 홍합만이 살아남았다. 웅덩이의 빌런은 불가사리가 아닌 홍합이었다. 불가사리는 홍합을 견제하여 개체 수를 조절하는 역할을 하고 있었는데 불가사리를 제거한 뒤에야 그 사실을 알게 된 것이다.

이 실험을 통해 생물 중에는 핵심종이 있다는 것을 알게 되었다. 부커 불가사리는 그 웅덩이의 핵심종이었다. 이렇듯 생태계는 보이지 않는 연결 고리로 이어져 있지만 어떤 종이 핵심종인지 알아내기는 쉽지 않다고 한다.

인간 사회도 곳곳에 빌런이 존재한다. 선한 얼굴을 하고 시치미를 뚝 떼며 세상 정의로운 척하는 사람들이 있다. 그런 사람들을 제대로 알아내지 못해 빌런을 물리친다고 헛발질은 또 얼마나 하는가? 누가 누군지 구별하기 쉽지 않지만 인간 사회에도 핵심적인 사람은 반드시 있다. 다만 정적들의 공격으로 스러지는 경우를 허다하게 보아왔다. 그럴 때마다 함께하던 말미잘, 따개비, 다시마 숲도 사라져 갔다.

반복되는 역사의 평행 이론을 보면서 고민했던 적이 있다. 인간 세상에는 모두가 빌런이 될 수 있다는 것과 처한 상황이나 자리에 따라 불가사리가 되기도 하고 홍합이 되기도 한다는 것을 알게 되었다. 시간이 지나 깨달은 것은 생태계와 달리 인간계에는 선과 악도 한끗 차이며 그것을 명확하게 구분 짓기는 더욱 어려운 일이라는 것을.

* 로버트 페인(1933 ~ 2016): 실험 생태학의 확립을 통해 생태학을 현대과학의 영역으로 이끈 생태학자.

내 인생의 책 - 나의 라임오렌지 나무

J. M. 바스콘셀루스 지음(1920~1984)

책을 고르는 기준과 성향은 사람마다 다 다르다. 내가 재미있다고 남들도 다 재미있지는 않다. 내 취향은 아니지만 누군가 좋다고 하여 덩달아 샀는데 몇 장 넘기지 못하고 덮어버린 책이 어디 한두 권인가. 취향대로 선호하는 책이 있다 해도 책 편식을 하는 것 같아 여러 번 시도해 보았으나 그때마다 비슷한 결과를 낳았다. 그래서 내가 좋아하는 책은 어떤 것인지 생각해 본 적이 있다. 읽고 나서 오랫동안 기억에 머물러 있는 책, 언제 생각해도 그때의 감동이 되살아나는 책, 다시 읽어도 첫 느낌이 퇴색되지 않는 책이 그런 것이라고 여기게 되었다.

《나의 라임오렌지나무》가 내겐 그런 책이다. 이 책을 처음 만난 것은 지금으로부터 40여 년 전이었다. 1968년에 브라질에서 초판되고 그로부터 10년 후 1978년에 우리나라에서 번역 출간되었다. 당시 나는 갓 스물을 넘긴 사회 초년생이었는데 지구 저편 남미에 살고 있는 다섯 살 꼬마 제제가 나를 한없이 울렸다. 정서적 동질감이랄까. 시대적 배경이 비슷해서일까. 내 유년기에 흔히 당하고 일어났던 이야기들이 그 속에 있었다.

말썽꾸러기 주인공 제제는 실은 지나치게 어른스러운 내면을 가지고 있는 아이다. 가난한 가족의 무관심과 학대 속에서도 밝고 맑게 자랄 수 있었던 것은 그에게 '밍기뉴'라는 나무 친구와 포르투갈 사람인 '뽀르뚜가'가 있었기 때문이다. 제제는 밍기뉴와 대화를 나누며 슬픔과 외로움을 견딘다. 기분이 좋을 때는 '밍기뉴' 대신 '슈르르까'라고 부르기도 한다. 이 나무가 라임오렌지나무다.

제제에게는 '뽀루뚜가'라는 또 다른 친구가 있다. 아버지에게 느끼지 못했던 정을 느끼며 양아버지가 되어 달라고 했으나 거절당한다. 뽀루뚜가 역시 제제에게 부성애를 느끼지만 얼마 후 사고로 세상을 떠나고 만다. 제제는 삶의 희망을 잃어버리고 병이 난다. 그리고 밍기뉴가 하얀 꽃을 피우자 제제는 그 꽃이 자신과 작별 인사를 하는 것이라고 깨닫는다. 밍기뉴는 어른 나무가 되었고, 제제도 가슴 아픈 상처를 통해 철이 들고 성숙해진다.

이 책은 어린 제제의 눈을 통해 세상을 바라보는 성장 소설이며, 작가 바스콘셀루스의 자전적 소설이기도 하다.

'내 인생의 책'은 무엇일까? 잠시 고민해 보았다. 그때 떠오른 것이 제제와 밍기뉴, 뽀루뚜가가 나오는 이 책이었다. 글쟁이로 살아오면서 책을 안 읽었다 할 수는 없을 것이다. 그동안 읽은 많은 책 중에, 그것도 아주 오래전에 읽은 이 책이 의식의 수면 위로 불쑥 떠올랐다면 《나의 라임오렌지나무》는 내 인생의 책이 맞다.

내가 이 책을 읽었던 40여 년 전의 세상과 지금의 세상은 모든 면에서 큰 변화와 발전을 가져왔는데 그중에서도 물질적인 풍요를 빼놓을 수 없을 것이다. 그 풍요를 얻기 위해 우리는 소중한 그 무엇을 대신 잃어버리지는 않았을까? 지금 우리는 가난했던 그때보다 행복한 것일까?

우리 세대가 풍요롭게 키웠던 청년들은 심각한 취업난에 시달리고, 계층 간, 세대 간 갈등을 넘어 남녀의 갈등까지……. 세상은 실로 어지럽다. 이럴 때일수록 마음을 정화시킬 수 있는 책 한 권 읽는 여유를 가지면 좋겠다. 나 또한 잃어버린 순수의 시간을 찾기 위해 다시 제제를 만나고 싶다.

상처 받지 않은 영혼이 어디 있으랴. 우리 안에 살고 있는 제제를 위하여 마음의 뜰에 라임오렌지나무 한 그루 심어 보면 어떨까. 각박한 세상에도 따뜻한 바람 불어 푸른 잎 돋아나 촉촉한 마음 일렁이게 될지도 모르니까.

4부 덫

담임 선생님 말씀대로 공부를 열심히 했던 중학 시절에는 잘산다는
것이 부와 명예라고만 생각했었다. 어느 순간, 그 '잘살기'라는 말이
'존재의 안녕'까지도 내포하고 있다는 것을 깨달았을 때 나는 이미 '
수필의 덫'에 걸려 있었다.

청춘 합창단의 옛사랑

꽃 만발한 봄밤, 퇴근길 남편으로부터 전화가 왔다. 느닷없이 음악회에 같이 가자며 준비를 하라는 것이다. 평소 나와 정서가 다른 사람이라 다소 의아했지만, 같이 가야 할 자리인가 싶어 묻지도 따지지도 않고 외출 준비를 했다.

　문예회관 소공연장 로비에는 사람들로 북적거렸다. 남편은 지인이 단장으로 있는 합창단 정기 연주회에 초대를 받은 것이었다. 합창 동호회에서 매년 정기 발표회를 가졌고, 올해가 다섯 번째라 했다. 곧 공연이 시작된다는 안내 방송을 들으며 우리도 자리를 찾아 앉았다.

음악 감상이 취미여서 공연장을 자주 찾는 편이지만 합창단 공연은 실로 오랜만이었다. 주로 악기 위주의 연주회를 많이 다니는데 전날에도 요즘 잘나가는 젊은 피아니스트의 독주회에 다녀온 터였다. 하지만 음악 애호가들이 맨 마지막으로 심취하는 것은 성악이라고 한다. 아름답게 정제된 사람의 목소리는 그 어떤 악기보다 우위에 있다는 말일 게다.

청춘 합창단은 오십 세를 넘어선 사람들에게 회원 자격이 주어진다고 했다. 그들이 들려줄 노래들이 내심 궁금해졌다. 무대에 불이 켜지자 진행을 맡은 사회자가 목련처럼 눈부신 드레스 차림으로 등장했다.

"여러분들, 꽃 피면 설레고 꽃 지면 애틋하다지요? 아름다운 봄밤입니다. 오늘 이 공연을 보기 위해 표 구하시느라고 힘드셨죠? 비싼 암표도 산 분이 계시다고 들었어요. 그러니까 조용필도, 빅뱅도 울고 갈 큰 박수를 보내주셔야 합니다."

위트 넘치는 사회자의 멘트가 끝나자 단원들이 차례로 나왔다. 남성 단원들은 이마가 벗겨지고 배기 불룩 나왔으며 여성 단원들도 긴 드레스에 감춰진 몸매는 대부분 허리가 실종된 H라인들이었다. 하지만 번데기처럼 쪼글쪼글한 일상을 잠시 내려놓고 한껏 차려입은 청춘 합창단의 모습은 꽃 흐드러진 봄밤보다 화사하고 아름다웠다. 호리한 청년들 이상이었고 S라인 아가씨들에 버금갔다.

여는 곡은 미사곡이었다. 처녀 시절 성가대에서 활동한 적이 있어 라틴어로 부르는 곡을 대번에 알아들었다. '주여 우리를 불쌍히 여기소서!'라는 미사곡을 들으며 나도 모르게 이십 대 청춘 시절로 되돌아갔다. 성가대 지휘자를 짝사랑했던 시간들이 파노라마처럼 지나갔다. 청춘 합창단은 내 청춘을 일깨우고 있었다.

혼성 합창이 끝나고 여성 합창이 이어졌다. 〈뚱보새〉라는 곡을 부르기 전 멘트가 재미있었다. 피자와 치킨을 조금밖에 먹지 않았는데도 뚱보가 되어 있더라는 것이다.

"낭창낭창 나뭇가지 끝에 앉아있는 참새 한 마리/ 뚱뚱보가 될까 봐 남들이 놀릴까 봐/ 걱정이 태산 같아요/ 먹는 것도 없는데 언제 이렇게 몸이 불었지."

객석에서는 공감의 웃음소리가 봄꽃처럼 와자하게 피어올랐다.

여성 단원들의 목소리는 지금의 몸매와 반비례했다. 삶의 이력이 배여 있는 목소리는 어찌나 맑고 애잔한지 진짜 청춘들은 감히 흉내 낼 수 없는 고운 소리였다. 전날, 절정에 오른 젊은 피아니스트의 화려한 기교와 섬세한 감성에 매료되어 아낌없는 박수를 보냈지만 삶의 연륜이 묻어나는 청춘 합창단의 공연 또한 그에 못지않았다. 청춘 시절을 지나 중년을 거쳐 이제 인생 후반기를 걸어가는 청춘 합창단을 보면서 마음 밖으로 가출했던 감성이 다시 돌아와, 잊고 지냈던 추억이 방울방울 맺혀 눈시울이 붉어졌다.

찬조 출연한 현악 사중주의 감미로운 연주와 색소폰 주자의 현란하고 격정적인 연주로 무대는 한껏 달아올랐다. 이어진 순서는 남성 합창이었다. 남성 특유의 우렁찬 목소리는 과연 청춘이었다. 하지만 선율에 애절함이 배여 있어 마음이 아릿했다. 돌아갈 수 없는 시절이지만 지나왔기에 더 애틋한 마음으로 바라보게 되는 청춘! 언제 이렇게 나이를 먹었는가. 눈 한 번 깜빡했을 뿐이고, 잠 한숨 잔 것뿐인데…….

이울어가는 봄밤, 연주회는 막바지에 이르렀다. 혼성 합창으로 이문세의 〈옛사랑〉을 듣는데 갑자기 눈물이 핑 돌았다.

"남들도 모르게 서성이다 울었지/ 지나온 일들이 가슴에 사무쳐/ 텅 빈 하늘 위 불빛들 켜져 가면 옛사랑 그 이름 아껴 불러보네/ 이젠 그리운 것은 그리운 대로 내 맘에 둘 거야/ 그대 생각이 나면 생각난 대로 내버려 두듯이……."

무연히 만난 청춘 합창단에 취해 선뜻 일어나지 못하고 있는데, 객석 어디에서 "할머니~~." 하는 소리가 들렸다. 공연장에 와르르 웃음꽃이 만발했다. 엄마와 함께 연주회에 온 꼬마가 무대 위 할머니를 발견하고 부른 것이다. 우리가 아무리 청춘이고 싶어도 아니, 청춘이라 우겨도 할머니인 것을 부인할 수는 없었다.

잠시 '옛사랑'에 젖었던 마음을 거두고 꽃잎 흩날리는 밤길을, 같이 늙어가는 남편과 아무 일 없었던 것처럼 현실 부부가 되어 집으로 돌아왔다.

황혼 엘레지

그 황당한 일이 일어나기까지 전조가 없진 않았다. 그날은 남편과 당일로 서울을 다녀와야 하는 날이었다. 평일이라 예매를 하지 않고 역으로 갔다. 매표를 하려는데 이 분 후에 출발하는 것과 한 시간 후에 출발하는 것이 있다고 했다. 기다리는 것에 익숙지 않은 남편에게 한 시간은 형벌이나 다름없었다. 당연히 '지금 바로' 가겠다고 했다. 역무원은 혹 못 타게 되면 다시 오라며 표를 내밀었다.

표를 손에 쥐고 숨이 턱에 차도록 뛰어 에스컬레이터 계단을

성큼성큼 올라가는데 갑자기 남편이 멈칫했다. 승용차 안에 휴대 전화기를 두고 왔다는 것이다. 이럴 수가! 모임 장소와 연락처가 남편의 전화기에 다 있었다. 순간, 그는 나를 보고 올라가라 손짓을 하고 뒤돌아 비호같이 날았다.

고속 열차는 이미 도착해 있었다. 나는 탈 수도, 안 탈 수도 없어 안절부절못하고 있는데 야속하게도 열차가 움직이기 시작했다. 그사이 에스컬레이터 중간쯤에 남편 얼굴이 보였다.

"10초만 빨리 왔더라면 탈 수 있었어."

"그래도 당신 아직 살아있네."

하며 놓친 기차 꽁무니를 바라보며 그의 달리기 실력을 추켜세웠다. 그래야만 될 것 같았다. 남편은 땀범벅에다 다리까지 후들거리고 있었기 때문이다.

그날은 일 년에 한 번 다섯 부부가 서울에서 만나는 날이었다. 의리에 살고 의리에 죽는다는 군대 시절 전우들과의 모임인데 당시 대대장이었던 분이 휘하에 거느렸던 부하들을 불러 식사 대접을 했다. 처음에는 밥 한 끼 먹으러 서울까지 가야 하나 싶었으나 사람의 인연과 관계에 대해 생각하면서 차츰 이해가 되었다.

전우들은 만나면 그 시절, 생사고락을 함께했던 이야기로 꽃을 피웠다. 갈 때마다 비슷한 레퍼토리인데 지겹지도 않은 모양이었다. 이번에 가니 당시 소대장이었던 L부장이 사진을 몇 장 가져왔다. 옛날 사진 같지 않게 색도 바래지 않았고 보기에도 좋은 큰 사이즈였다. 보관 상태가 좋다고 다들 감탄하자 요즘은 기술이 좋아서 옛날 사진을 가져가면 이렇게 만들어 준다고 했다.

사진 속에 든 남편의 청춘은 푸르게 빛나고 있었다. 무심한 세월 앞에 사라진 옛 모습을 보며 쓸쓸하게 웃었지만 지금 이렇게 모여 그 시절을 추억할 수 있는 것도 복이라며 애써 마음들을 달랬다. 우리는 내년에 다시 만날 것을 기약하고 헤어졌다.

밤 기차를 타러 가는데 남편이 미간을 찌푸려 가며 표를 뚫어져라 쳐다보았다. 돋보기를 껴도 시원찮을 마당에 남편은 돋보기 쓰는 것을 극구 사양했다. 노인네 같아 보이는 게 싫은 모양이었다.

남편은 판단이 정확하고 행동이 빠른 사람이라 같이 다닐 때면 나는 그저 따라다니기만 하면 되었다. 이번 일을 겪기 전까지는 말이다. 기차를 타러 내려갔는데 플랫폼을 잘못 내려왔다는 것을 알았다. 아침저녁으로 하루에 두 번이나 이런 경우는 전에 없던 일이었다.

당일로 서울을 오르내리는 것이 피곤했지만 열차에 앉아 있어도 잠은 오지 않았다. 시간도 보낼 겸 받아온 사진을 폰으로 되찍어 '아빠의 청춘'이란 제목으로 가족 밴드에 올렸다. 딸들은

'아빠 짱 멋있다!'

'울 아빠 겁나 잘생겼다.'

며 댓글을 달았다.

"당신, 딸들에게 인정받는 외모네. 과거 완료형이지만."

나는 실없는 농담을 던졌다.

그사이 열차는 동대구역에 닿았다. 곧 울산역이었다. 근데 이 열차는 울산역 가기 전에 신경주역에도 서는 것이었다. 고속 열차가 처음 생겼을 때 울산 사람들이 신경주역에서 잘못 내려 한 시간씩 기다려 다시 타고 간 사람이 많았다고 하자, 남편은 졸다가 부산까지 간 사람들도 있더라며 호탕하게 웃었다. 우린 적어도 아직 그런 어리버리한 짓 따윈 하지 않는다는 자신감을 밑자

리에 깔고 한 말이었다.

동대구역에서 울산역까지는 이십오 분 거리, 신경주역에 서고 바로 울산역이었다. 남편이 내 핸드백을 집어 들며 내리자고 했다. 한 치의 의심도 없이 내릴 채비를 했다. 울산역이 평일에도 빈자리가 없다고 하더니 그것을 증명이라도 하듯, 내리는 사람들이 정말 많았다.

기차에서 내려 에스컬러이터를 타고 내려가는데 알지 못할 이상한 기운이 목 뒤에서 스멀거렸다. 내려서고 보니 우리 앞의 풍경은 평소 보던 것과 사뭇 달랐다. 맙소사! 뭔가 잘못되었다는 것이 온몸으로 느껴지는데도 믿고 싶지 않은 이 기분이라니!

정신머리 없는 사람들 흉을 본 지 삼십 분도 채 되지 않았는데 우리가 그 짝이 났다. 역무원에게 잘못 내렸다고 하자, 우리보다 더 난감한 표정으로 오늘은 이 열차가 마지막이라고 했다. 그럼 우린 집에 어떻게 가냐고 죄도 없는 역무원에게 소리쳤다. 택시밖에 없다고 했다.

"어머 이제 당신 믿으면 안 되겠다."

라는 말이 나도 모르게 튀어나왔다. 순간 머쓱해하던 남편 얼굴에 곤혹스러운 표정이 스쳐갔다. 나보다 더 당황한 눈치였다. 고속 열차로 서울을 한 번 더 갈 수 있는 것보다 많은 돈을 택시비로 지불하고 우린 새벽에야 집으로 돌아올 수 있었다.

'신경주역 하차 사건'으로 남편은 의기소침하여 며칠간 우울해했고, 사건을 전해 들은 딸들은

"우리 아빠가 그런 사람이 아닌데."

라며 마음 아파했다. 세월을 앞서 걸어간 선배는 이제부터 시작이라며 비슷한 일을 무시로 겪게 될 것이라고 예고했다.

인생 저물녘에 서 있는 우리는 지력도, 체력도, 집중력까지도 마구마구 떨어지는 황혼길로 가고 있다는 것을 인정하지 않을 수 없었다.

비록 쓸쓸한 그림이었다 해도

그곳에 가지 않았더라면 만나지 못했을 그림 하나가 불쑥 떠오른다. 장마가 시작되어서인지도 모른다. 빗줄기 사이로 그날의 풍경이 느릿하게 지나간다.

지난여름이었다. 태안 시외버스 터미널에 내리니 물안개 같은 비가 지짐거렸다. 장마권에 들었다가 잠시 소강 상태를 보인 틈을 타서 왔는데 예상이 빗나갈지도 모른다는 좋지 않은 예감이 들었다. 다음날, 배를 타야 했기 때문이다. 하지만 여기까지 왔으니 다른 선택지는 없었다. 운에 믿길 수밖에.

시외버스 터미널 바로 앞에 시내버스 정류장이 있었다. 초행길이라 이 버스가 신진도항으로 가는 것이 맞는지 기웃대고 있는데 버스 곧 출발한다며 어서 타라는 말이 등 뒤에서 들렸다. 버스 안내양이었다.

"어머나, 요즘 시내버스에 안내양이 있다니!"

보면서도 믿기지 않았다. 하늘색 빵모자에 아래위 유니폼도 하늘색이었으며 팔에 토시까지 꼈다. 학창 시절에 보았던 영락없는 안내양 모습 그대로였다. 삼십 대 기혼의 안내양이라는 것만 빼고.

버스 뒷문 옆 기둥을 잡고 다리를 약간 벌려 야무지게 버티고 서 있는 이는 태안군 농어촌 버스 도우미였다. 태안군에는 버스 안내양이 세 사람이 근무한다고 했다. 버스 안에는 어르신 승객이 대부분으로 원래는 학생손님 반, 어르신손님 반이라는데 방학이 시작되어 학생들은 보이지 않았다. 상점들이 모여 있는 정류장에서는 보따리를 두세 개씩 든 할아버지, 할머니들이 올라왔다.

"손잡이 꼭 잡고 한 분씩 올라오세요."

안내양은 어르신 팔을 잡아 드리고 무거운 짐도 받아 의자 옆까지 날라 주었다.

타지에서 온 것을 단박 알아차린 그녀는 내가 가려는 곳에 대한 관광 정보까지 친절하게 알려 주었다. 힘들지 않느냐는 질문에 자기가 해야 할 일이라며 부모님 같은 어르신들 돕는 보람이 크다고 했다. 두 아이를 키우는 엄마이기도 한 그녀는 일 년 넘게 이 일을 하다 보니 어르신들과 스스럼없이 농담도 나누는 사이가 되었다.

"아이고 엄니, 오늘은 뭔 일루다 이렇게 많이 사셨대유?"

그녀는 할머니들을 엄마라 불렀다. 어르신들은 그런 그녀를 좋아했다.

"짐 들어주지, 부축해주지, 싹싹하지, 참 잘한다."

라며 칭찬을 아끼지 않았다.

십 분쯤 달렸을까? 그사이 여러 개의 정류장이 지나갔다. 오르내리는 사람들이 뜸해지자 버스 안의 공기도 느릿하게 흐르고 어르신들의 움직임도 슬로비디오처럼 보였다. 빗방울 흩뿌리는 차창 밖으로 초록물 넉넉하게 머금은 감자밭, 고구마밭, 콩밭도 느린 그림으로 지나가고 있었다. 안내양은 어르신 승객들이 사는 마을을 다 알고 있어 내릴 때 불편하지 않도록 미리 챙겨 드리기도 했다. 맞춤 서비스로 도우미 역할을 톡톡히 해내는 그녀를 보노라니 안내양과 함께 보냈던 학창 시절의 추억이 빗방울에 방울방울 묻어났다.

시내버스는 항상 초만원이었다. 베이비 부머 세대 중에서도 최고 정점을 찍었던 우리는 교실도 빼곡한 콩나물시루 같았다. 그 교실을 채우기 위해 등교를 할 때면 발 디딜 틈 없는 아침 버스에서부터 전쟁을 치러야 했다. 종점에서 타지 않으면 아예 자리 구경은 하기 힘들었다. 정원을 초과한 버스는 학생들로 터질 지경이었다. 그것도 모자라 안내양은 닫히지 않는 버스 문을 양팔로 벌려 잡고 '오라이, 오라이'를 외치며 학생들을 욱여넣었다. 아슬아슬 위험하기 짝이 없는 일은 등교 버스에서 날마다 계속되었다. 신기한 것은 그래도 큰 사고 없이 학교에 다닐 수 있었다는 것이다. 요새 같으면 어림없는 일들이 비일비재했었다.

그 시절만 해도 집집마다 형제자매가 기본으로 서너 명은 되었다. "대책 없이 낳아도 자기 몫은 갖고 태어난다."는 말이 오랜 속담처럼 전해져 왔고, 살림 밑천이라는 맏딸들은 초등학교만 겨우 졸업시키는 집이 많았다. 대처로 식모살이나 버스 안내양 같은 일자리를 찾아 집을 떠나야 했다.

몇십 년 앞을 내다보지 못한 인구 정책은 이런 표어들을 만들어 내었다.

"딸 아들 구별 말고 둘만 낳아 잘 기르자."

"잘 키운 딸 하나 열 아들 안 부럽다."

그럼에도 남아 선호 사상을 쉬 버리지 못했던 그때의 부모들은 아들을 낳기 위해 불법으로라도 성별을 감별하여 아들 낳기를 원했다. 시대가 바뀌어 지금은 딸을 선호하는 분위기라지만 그것도 겨우 하나만 낳거나 낳지 않는 균형 잃은 세상이 되었다.

인구 문제가 사회의 큰 문제로 대두되었다. 앞으로 남아있는 젊은이들은, 책임져야 할 어르신들 때문에 그들의 삶이 얼마나 고달플 것인가. 버스 안의 어르신들을 보며 오래지 않아 닥칠 나의 미래를 생각하지 않을 수 없었다.

태안의 시골길을 달리다 부활한 안내양을 보면서 만감이 교차했다. 양 갈래로 땋아 내린 머리 위에 하늘색 빵모자를 쓰고 하늘색 제복에 허리에는 전대를 찼다. 여리고 깡마른 몸, 터질 듯한 만원 버스의 닫히지 않는 문이 되었던 야무진 팔목이 떠올랐다. 그때의 버스는 불편하기 짝이 없었다. 하지만 젊음으로, 의욕 넘치던 희망으로 가득 찼었다면, 지금은 보살피고 챙겨야 하는 어르신 가득한, 마치 느리게 흐르는 강물 같은 버스였다.

좋지 않은 예감은 비켜 가지 않아 다음날, 옹도행 유람선은 뜨지 않았다. 하지만 뜻밖의 풍경과 마주할 수 있었던 것은, 그곳에 가지 않았더라면 만날 수 없었을 것이다. 그것이 비록 쓸쓸한 그림이었다 해도.

호모 사피엔스는 변덕쟁이

바람 신神 영동 할미도 아직 물러가지 않은 이월이다. 올겨울은 오지게 독한 한파를 만났지만 설이 지나자 곳곳에 봄기운이 돈다. 겨울의 무거움을 떨쳐 버리고 몸과 마음에 봄을 들이려 나선 길, 남도의 작은 바닷가 마을에서 이른 봄을 읽는다. 만물에 스민 봄기운을 흠향한다.

　바다는 저 멀리 밀려나 있다. 개펄에 아낙들이 쪼그리고 앉아 바지락을 캐고 맑은 하늘과 마주보는 바다는 물빛조차 곱다. 싱싱한 넝세 냄새가 바람결에 흩날린다. 봄 마중 제대로 나온 것

같다. 깨끗한 하늘과 맑은 바람, 신선한 공기가 고마움의 대상이
될 줄 누가 알았을까.

이렇게 두 문단을 써 놓고 이태가 지났다. 그해 이른 봄, 저곳
에 다녀와서 싱싱한 봄 향 가득했던 어촌이 인상적이라 스케치
하듯 써 두었던 모양이다. 글을 쓰기 시작하면 물 흐르듯 단번에
초고를 완성하기도 하지만 미완인 채로 던져둔 것들이 더 많다.
줄줄이 청탁이 와서 글빚에 쪼들리는 유명 작가는 아니나 계절
바뀔 때마다 잊지 않고 '글 좀 주세요.' 하는 곳들이 있어 늘 준비
하고 있어야 한다. 옷장에 계절별로 옷을 걸어두고 때에 맞춰 꺼
내 입듯이 글 창고에 하다못해 한두 편은 보관하고 있어야 하지
만 생각만큼 쉽지 않다.

마감일은 다가오고 마무리된 글이 없어 마음은 되기만 한데 컴
퓨터 앞에 앉으면 글쓰기에 집중하기보다 엉뚱한 호작질에 빠져
든다. 평소 잘 보지도 않는 실시간 검색어에 오른 사건이나 인물
을 살펴보거나, 쇼핑몰 이곳저곳을 기웃대다 꼭 필요하지도 않
은 물건을 구매하고 이웃 블로그에 놀러 다니느라 시간 가는 줄

모른다. 예열시간이라고 우기며 합리화시켜 보지만 스스로 생각해 봐도 변명이 옹색하다. 그것은 공부하기 싫은 학생이 시험 기간만 되면 딴짓에 몰두하는 현상과 별반 다르지 않다.

지난가을부터 부쳐온 책들이 규장각의 서책처럼 켜를 이루며 쌓여 있다. 게을러진 마음을 단단히 먹고 매일 아침 책을 펼친다. 편편마다 고심하며 쓴 것을 알기 때문이다. 더불어 행간에서 작가의 철학을 읽어내는 것도 흥미롭다. 이 시점에서 그냥 쓰지 말고 읽기만 해도 좋을 것 같다는 생각이 무럭무럭 피어오른다. 그런데 희한한 것은 머릿속에는 늘 '뭐 쓰지?'로 꽉 차 있으니 딱한 노릇이 아닐 수 없다.

숙제가 밀렸을 땐 할 수 없이 고방庫房을 열어 먼지 뒤집어쓴 글들을 스캔한다. 고방에는 일주일 전에 쓰다 만 글부터 몇 달 전이나 그보다 더 오래된 것도 있다. 한숨이 터져 나온다. 깨끗이 치우면 새것이 채워지려나.

고방 청소가 시작된다. 소생 불가능한 것들은 가차 없이 휴지통으로 들어가고 회생 가능해 보이는 것들을 끄집어내보지만 신통찮다. 이미 흐름이 끊긴 글들이 기진해 있기 때문인데 심폐

소생술이 통하여 극적으로 살려낸 것이 있으면 요샛말로 득템한 '운수 좋은 날'이 된다.

이태 전 이맘때 두 문단 달랑 써놓은 글은 결국 살려내지 못하고 쪼가리 글로 저 위에 올려 두어 마음 편치 않다. 하지만 한편으로 이 글을 쓰는 단초가 되었으니 반성과 위안을 삼는다. 생각해보니 뒤질 고방이 있는 것이 다행스럽기도 하다. 불현듯 미련 없이 버린 것에 후회가 밀려온다. 내 일상은 후회하고 반성하는 일들의 연속이다. 기준과 잣대가 수시로 바뀌기 때문일 것이다. 이랬다저랬다 일관성을 가지기 쉽지 않은 까닭이다.

나의 고방은 기억의 목록, 추억의 향기, 사색의 파편이 들어 있는 공간이라고 정의를 내리면 버릴 것은 아무것도 없다. 반면 오래되어 낡아서 남루한 누더기라고 생각하면 다 버려야 한다. 한 가지 일을 두고도 기분에 좌지우지되거나 처한 상황에 따라 결과가 달라진다.

호모 사피엔스는 자동 시스템과 숙고 시스템을 가지고 있다고 한다. 자동 시스템은 즉각적이고 직관적이며 감정적이다. 반면 숙고 시스템은 합리적이고 이성적인데 실제 생활에서는 이것이 잘 적용되지 않는다. 어떨 때는 아주 사소한 물건을 구입할 때에도 이것저것 비교하며 가격까지 꼼꼼하게 따지면서 정작 중요한 일 ―보험을 들거나 자동차 구입하기 등 ―에는 직관으로 판단하는 경우가 흔하다고 한다.

사고思考의 불균형에 대해 늘 고민하는 내게, 매사 합리적이어야 한다고, 변덕부리지 말자고 생각하면서도 그렇지 못한 내게 참으로 위안이 되는 말이다. 강한 동질감마저 느낀다.

올겨울은 따뜻한 채로 지나가고 있다. 입춘이 코앞이다. 물빛 고왔던 이태 전 그 바닷가 마을을 다시 찾아가 봐야겠다. 남도의 작은 바닷가 마을에서 이른 봄을 읽고 새 기운을 흡향하면, 고민하면서도 어쩌면 쓰는 일에 게을러지지 않을 것 같아서다.

덫

중학교 때 담임 선생님으로부터 아침저녁으로 들었던 말이 있
다. 그 말이 평생 나를 따라다닐 줄 몰랐다.

"공부는 잘 살기 위해 하는 것이다."

"현명한 사람은 위험한 곳에 가지 않는다."

조회 시간과 종례 시간이면 어김없이 이 말씀을 하셨다. 나중
에는 선생님이 "공부는" 하고 선창하시면 그 뒤 구절을 아이들
이 큰 소리로 외쳤다. 초등학교를 막 벗어나 어린 티가 채 가시
지 않은 아이들은 뜻을 새기기보다 시키니까 그저 따라 했다. 조

회와 종례 시간 외에도 틈틈이 들으며 따라 했기에 그 문장은 내 머릿속에서 금석문이 되었다.

　머리가 굵어지면서 '공부는 정말 잘 살기 위해서 하는 것일까?' 의구심이 들었지만 여물지 못한 마음에도 선생님 말씀대로 열심히 공부를 해야 할 것 같았다. 당연히 위험한 곳에는 한 발짝도 디디지 않았고 교칙에 위배되는 일은 하지 않았다. 나는 잘 살고 싶었으며 현명한 사람이 되고 싶었다.

　대학 진학의 꿈을 접어야 했던 나의 청춘기는 우울했다. 가지 못한 길을 바라보며 마음 한자리에는 늘 헛헛한 바람이 불었다. 결핍을 채우기 위해 닥치는 대로 책을 읽었다. 책을 읽다 보니 쓰고 싶다는 욕구가 일었지만 그 생각은 스스로 꺾으며 살았다. 세상의 명작 앞에서 넘지 못할 벽을 보았기 때문이다. 그러던 중 지금은 기억에도 가물거리는 에세이집을 접하게 되었다. 편편마다 일상의 이야기가 소박하지만 감동적으로 그려져 있었다. 문학이 생각보다 거창하지 않다는 것을 그 책을 읽으며 알게 되었다. 삶이 무르익을 즈음에 나도 저런 책 한 권 쓰고 싶다는 강렬한 욕구가 나시 살아났다.

가정을 이루어 가족과 함께하는 삶을 구성하던 삼사십 대에는 나를 돌아볼 겨를 없이 보냈다. 정신없이 보내던 날들이 지나가자 권태로움이 자리를 잡았다. 내게도 흔들리는 미혹의 시간이 다가왔고 잊고 살았던 것들이 하나 둘 고개를 내밀기 시작했다. 여기저기 기웃거려 보았지만 호기심은 몇 달 지나지 않아 금세 시들해졌다. 도서관에서 만난 친구가 공부를 다시 해보라고 했다. 마흔 중반을 넘긴 나이에 웬 공부? 싶었지만 못다 이룬 꿈을 펼쳐보기로 했다.

만학도로 국문학을 공부했다. 공부를 하던 중 눈에 심각한 병이 있다는 것을 알게 되었다. 선택의 기로에서 고통이 뒤따랐지만 마침내 나는 졸업을 할 수 있었다. 먼 길을 돌아 이십 대에 꿈꾸었던 문학이란 항구에 닻을 내렸다.

수필은 그렇게 내게 왔다. 아니, 내가 수필의 품으로 걸어 들어간 것이다. 잘 살기 위해서 공부를 했던 것처럼 잘 쓰기 위해 열심히 글을 썼다. 그러나 잘 살기를 꿈꾸고 현명하기를 원했던 나는 수필을 별로 잘 쓰지 못한다는 것을 얼마 지나지 않아 알게 되었다.

정사正史보다 야사野史가 흥미롭고, 교과서보다 연애 소설이 훨씬 재미있듯이 위험한 곳에는 발가락 하나도 담그지 못하는 사람이 쓰는 글은 재미라곤 없었다. 일기를 써도 남이 볼 것을 염두에 둔다는데 하물며 독자를 의식하고 쓰는 글은 재미가 있어야 읽어주지 않겠는가. 내 글은 그러하지 못했다. 길을 잘못 든 것 같아 한동안 갈등하며 안개 속을 헤매기도 했다.

내가 맞다고 생각한 것들이 세상 밖에서는 틀리다고 했다. 목적을 위해서는 보편적 가치마저 훼손되었다. 아닌 것을 아니라고 말했다가 오지랖 넓은 사람이 되기도 했다. 세상은 선하지 않았고 교과서대로 돌아가지도 않았다. 수필 공부를 하면서 뒤늦게 만난 선생님은 이런 내가 얼마나 답답해 보였는지 내 손을 잡고 한 삼일 간 세상 구경을 시켜 주고 싶다고 했다. 세상에는 교과서 속의 이야기만 있지 않다는 것을 알려 주고 싶었던 것이다.

남이 쳐 놓은 덫보다 내가 만든 덫이 더 무섭다. 위험한 곳을 피해 살아오느라 나는 그 '현명의 덫'에서 지금도 잘 벗어나지 못하고 있으나 위험에서 자유롭지도 못했다. 그런 시간들이 혼란스럽기는 했지만 어쩌다 보니 그간 두 권의 수필집을 내게 되었다. 이십 대에 꿈꾸었던 일이 이루어진 셈이다. 한편으로는 부끄럽고 한편으로는 뿌듯하다. 부족해서 부끄럽고 꿈을 이루어 뿌듯하다.

지금도 나는 수필을 잘 써 보려고 부단히 노력 중이나 쓰면 쓸수록 어려운 것이 수필이라는 것을 절감하고 있다. 재미있는 글은 아무래도 가볍고 진지한 글은 재미가 덜하다. 사유 깊은 글은 독자로 하여금 인내하게 한다. 감동의 글이 으뜸이지만 어떻게 매번 감동적인 글을 쓸 수 있단 말인가. 재미와 사유, 감동을 한꺼번에 버무려 담아낼 수 있다면 더할 나위 없이 좋겠지만 쉽지 않은 일이라는 것을 수필을 써 본 사람이라면 알 것이다. 모두 잡을 수 없다는 것을 깨달은 이즘에 이르러서 마음을 정리하게 된다. 내가 가장 잘 쓸 수 있는 글을 진솔하고 진정성 있게 쓰자고 마음을 다잡는다.

담임 선생님 말씀대로 공부를 열심히 했던 중학 시절에는 잘 산다는 것이 부와 명예라고만 생각했었다. 어느 순간, 그 '잘 살기'라는 말이 '존재의 안녕'까지도 내포하고 있다는 것을 깨달았을 때 나는 이미 '수필의 덫'에 걸려 있었다. 내게 주어진 달란트

에 충실하면서 나와 비슷한 생각을 가진 사람들과 교감할 수 있
다면 그 이상 잘 사는 것, 현명한 것은 없다는 생각을 하게 되
었다.

　이제는 감히 '글은 잘 살기 위해 쓰는 것이고, 자신의 생을 잘
꾸려가고 있는 사람이라면 글을 더 잘 쓸 수 있다.'라고 말하고
싶다. 삶은 그동안 내게 많은 것을 내려놓게 했지만 수필이 있
어 견딜 수 있었다. 그래서 글 덫에 걸려 있는 지금 이 시간을 사
랑할 수밖에 없다. 다가올 시간까지도 이 마음 여일할 수 있다
면 좋겠다.

에코 울산

여름날 저녁이면 어김없이 대공원으로 산책을 나간다. 낮에는 너무 뜨거워서 해 진 뒤에 공원을 찾게 된다. 청회색 저녁 하늘 아래 산책길 양쪽으로 늘어선 잎사귀 무성한 나무들이 위로 옆으로 쭉쭉 뻗어 녹색 터널을 이룬다. 그 속에 들면 나무가 뿜어내는 청량한 공기에 하루의 피로가 싸악 가시는 것 같다.

울산蔚山은 한자어에서도 알려주듯 예로부터 숲이 울창하고 자연 경관이 수려한 곳이었다. 1960년대 산업화가 시작되면서 아름다운 땅 위에 공장이 세워지기 시작했다. 농사를 짓던 사람들이 공장에 취업을 했다. 농사를 지을 때와는 달리, 매달 따박따박 들어오는 월급 받는 재미에 정작 소중한 것들이 사라지는 줄 몰랐다. 환경 오염의 심각성을 깨닫지 못했다.

나는 울산의 원주민이 아닌 이주민이다. 울산에 뿌리를 내린 지 삼십 년 가까이 되었다. 이곳에 터를 잡고 살기 시작했을 당시 울산을 떠올리면 '공기 나쁜 회색빛 공업 도시' 그 이상도 그 이하도 아니었다. 석유 화학 단지에서 내뿜는 유해한 연기들, 안전사고가 수시로 일어나서 뉴스에 자주 등장하는 도시였다.

뉴스에 울산의 사고 소식이 나오면 안부를 묻는 어머니의 전화가 어김없이 걸려 왔다. 고향을 떠난 딸이 걱정이 되었던 것이다. 나 역시 아무 연고도 없는 곳에 정을 붙이려니 한동안 힘든 시간을 보냈지만 그 시간도 흘러 지금은 제2의 고향이 되었다. 그렇게 여기게 된 것이 비단 흐르는 세월 때문만은 아니었다. 울산이란 도시가 공업 도시에서 생태 도시로 탈바꿈을 하면서 살고 싶은 도시가 되었기 때문이다. 거기에는 울산대공원의 역할도 한몫을 했다.

울산대공원이 조성된 지 이제 막 이십 년이 지났다. 당시 KBS의 〈열린음악회〉가 울산대공원 오픈 기념 축하 공연을 했다. 비가 왔음에도 불구하고 많은 시민이 모여 축하 자리를 빛냈던 기억이 지금도 생생하다.

그사이 어린 나무들이 쑥쑥 자라 무성한 숲을 이루고, 계절마다 꽃이 피고 지는 아름다운 공원으로 자리 잡게 되었다. 운이 좋아 길만 건너면 공원과 쉽게 접근할 수 있는 곳에 살아서 내 집 앞마당 드나들듯 자주 찾는 곳이 되었다.

울산대공원은 전국에서 가장 큰 도심 공원이다. 울산광역시에서 석유 화학 공장을 오랫동안 운영해온 SK그룹이 지역에 대한 사회 공헌 차원에서 십 년간 약 천오십억 원을 들여 조성하여 울산시에 기부 채납한 공간이다. 규모가 삼백육십구만 제곱미터에 이르며, 시설만 따져도 팔십칠만 제곱미터이다. 규모만 보더라도 그야말로 대공원이라 할 수 있다.

울산대공원 정문 입구에 들어서면 큰 호수가 있고 주변에는 수영장 등 편의 시설이 갖추어져 있다. 동문 방향 1차 공원으로 메타세쿼이어 숲길이 조성돼 있고 남문 방향의 2차 공원에는 전국에 이름난 장미원이 있으며 계절마다 색색의 꽃밭이 펼쳐진다. 일일이 열거할 수 없을 만큼 넓은 공간에 볼거리, 즐길 거리가 가득하다. 울산시민들은 이곳을 보통 '대공원'이라 부른다.

대공원이 생기기 전에는 휴일이 되어도 울산 시민이 마땅히 갈 곳이 없어 경주로 양산으로 나갔다고 한다. 울산에 대공원이 생기고 난 뒤, 시민들의 삶의 질이 훨씬 좋아진 것은 부인할 수 없는 사실이다. "마을에 노인이 돌아가시면 도서관 하나가 사라진다."고 했다. 연륜에 쌓인 삶의 지혜를 이르는 말이지만 인터넷으로 모든 것을 검색할 수 있는 요즘은 조금 바뀌어야 할지도 모른다. 하지만 검색으로 해결할 수 없는 것이 반드시 있다. 도심에 오래된 공원이 있다면 그 도시는 이미 품격을 지닌 도시라 할 수 있을 것이다. 나무를 심고 가꾸는 일이 하루아침에 이루어지지 않기 때문이다. 연륜에서 묻어나는 삶의 지혜처럼.

산업화라는 미명하에 개발된 울산은 공업 도시로 시민들의 생활이 윤택해지고 잘사는 도시가 되었지만 삭막하고 '공기 나쁜 공업 도시'라는 오명도 함께 따라왔다. 회색빛 공업 도시에서 화사한 생태 도시로 바뀌는 데 참으로 오랜 시간이 걸렸다.

미래 세대를 위해 더욱 울울창창한 울산이 되기를 바라는 마음 간절하다.

담배 한 보루

고향 친구와 둘이서 떠난 첫 여행이었다. 우리는 추자도를 가기
위해 명절 연휴가 끝난 직후 제주도로 날아갔다. 공무원이었던
그녀는 얼마 전에 정년퇴직을 했다. 평생을 직장에 묶여 있던 그
녀에게도 바비레따*의 계절인 온 것이다.

한 달 전, 통화 중에 그녀와 내가 가고 싶은 곳이 같다는 사실
을 알게 되었다. 의기투합하여 곧바로 비행기표를 끊었다. 세 남
매의 엄마이기도 한 그녀, 딸들은 출가했고, 늦둥이 아들도 군
복무 중이라 '인생 즐기기'에 더없이 좋은 때였다. 그녀의 남편

역시 사람 좋기로 근동에 소문이 자자했다. 혼자 두고 여행을 다녀도 그녀를 탓하는 법이 없어 친구들에게는 부러움의 대상이었다. 그런데 무슨 일인지 그녀는 남편에게 화가 잔뜩 나 있었다.

아침나절 제주에 도착하여 다시 배로 추자도까지 들어와도 점심시간이 채 되지 않았다. 예약해 둔 숙소에 짐을 풀고 이른 점심을 먹었다. 풍광이 아름답다는 '나바론 하늘길'로 향했다. 그때까지만 해도 그녀의 기분을 전혀 눈치채지 못했다. 늘 낙천적이고 밝은 그녀였기에 더 그랬다.

늦여름의 추자도는 맑고 투명한 빛으로 가득했다. 청명한 하늘과 짙푸른 바다를 번갈아 보며 '나바론 하늘길'을 올랐다. 다소 가파른 길이라 조심해야 했지만 오르다 돌아본 바다의 절경에 연신 감탄했다. 좋은 날씨는 여행의 즐거움을 배가시킨다며 우리는 연신 셔터를 눌러댔다.

그 길에서 내려와 등대 방향으로 걷던 중에 그녀가 불쑥 남편 흉을 보기 시작했다. 가까운 친구끼리 흔한 일이긴 했다. 그럴 때는 잘 들어주고 맞장구를 쳐 주는 것이 듣는 사람의 역할이다. 하지만 부부 싸움의 내용을 듣던 나는 다소 의아해서 무슨 말을 해야 할지 도무지 감이 잡히지 않았다.

주택에 사는 그녀는 추석이 다가오자 남편에게 집안 대청소를 시켰는데 청소를 제대로 하지 않아 두 번 손이 가게 했다는 것이 싸움의 요지였다. 싱크대며 창틀을 자기가 다시 닦았다는 것이다. 청소 하나도 마음에 쏙 들게 못한다며 속상해 죽겠다고 할 적엔 웃음이 터질 뻔했으나 표정을 보아하니 너무나 진지해서 웃을 수가 없었다.

부부 싸움은 사실 유치찬란하고 사소한 것에서 비롯되는 경우가 허다하다. 하지만 싸움의 발화점이 중요한 것은 아니다. 맥락을 짚어보면 쌓이고 쌓인 것이 별것 아닌 것에서부터 점화되어 '펑' 터진다는 것을 경험해 본 적 있기 때문이다. 그래서 눈에 보이는 것만으로 세상을 재단하지 않으려 애쓰는 편이다.

그녀는 집안에서 반대하는 결혼을 했다. 그런 이유로 남보란 듯이 잘살고 싶었고 공무원 생활을 하면서 열심히 살았다. 그런데 둘째 딸이 중학생일 때 생사를 오가는 큰 병에 걸리고 말았다. 불행 중 다행으로 몇 년 간의 투병 생활을 끝내고 정상적인 삶으로 복귀했지만 그 지난한 과정을 그녀는 무척 힘겹게 건너왔다.

남편의 사업이 신통찮아 그녀는 실질적 가장이기도 했다. 평생 직장인이었던 그녀였기에 남편이 집안일을 도맡아 한 것은 어쩌면 당연한 일이었는지도 모른다.

타인의 삶에 일반적인 잣대를 들이댈 수는 없는 일이다. '남편이 그깟 청소 좀 어설프게 했기로서니 아내에게 그렇게 지탄을 받을 일인가? 그렇게 화가 나는 일인가?'라고 함부로 말할 수는 없었다. 그 마음에 담긴 그녀의 지나온 삶이 어느 정도 읽혔기 때문이다.

둘만의 오붓한 여행길에서 우리는 서로의 속을 탈탈 털었다. 담배 못 끊는 남편 흉도 보고, 잔소리 많은 남편 흉도 봐가며 선선한 바닷바람에 스트레스를 날렸다. 추자도 묵리 해변 길을 걸을 때 일몰이 시작되고 있었다. 아름다운 섬마을에서 낙조를 보며 마음이 한결 누긋해진 두 여인은 그저 행복했다. 추자도의 밤이 깊어갔다.

이튿날, 다시 제주로 나와 서귀포에서 하룻밤을 묵고 마지막 날 비양도로 가기 위해 버스를 탔는데 제주도의 버스 노선이 잘되어 있어 전혀 불편하지 않았다. 첫닐 속상해하던 그녀는 그새다 잊은 듯 내내 해바라기처럼 둥글고 화사한 웃음을 지었다. 오랜 친구와 단둘의 여행이 참 좋았다.

배낭 하나 달랑 매고 가볍게 떠나왔지만 돌아갈 즈음이 되자 짐이 늘어나 있었다. 생각지도 못했던 추자도 멸치 액젓을 선물로 받았고 비양도에서 산 톳나물도 있었다. 여행 말미에 들러붙는 달착지근한 피로와 양손 가득 짐 꾸러미의 무게는 점점 무겁게 느껴졌다. 계획했던 일정을 차질 없이 소화하고 공항으로 갔는데 비행기를 타기까지 시간이 제법 남았다.

나는 자리를 잡고 무조건 쉬고 싶었다. 그러나 에너지 넘치는 그녀는 살 것 없다면서도 면세점 구경을 가겠다고 했다. 짐은 내가 볼 터이니 다녀오라고 했다. 한참 후에 나타난 그녀의 손에 담배 한 보루가 들려 있었다.

* 러시아어로 늦여름에서 초가을에 이르는 가장 아름다운 계절을 일컫는 말로 아름다운 중년을 상징하는 말.

퇴직 직원 간담회

오래되어 좋은 것으로 흔히 술과 사람을 꼽는다. 술을 거의 마시지 않는 나로서는 오래된 술이 얼마나 좋은지 잘 모르지만, 오래된 인연은 살아갈수록 살갑고 소중하며 보배와 같다는 생각을 하게 된다. 일 년에 한 번이지만 소중한 보배들을 만나러 가는 날이다.

한 직장에서 이십 년간 근무하다 퇴직을 했다. 이십 년이란 세월은 한창 시절을 통틀어도 몇 년이 남는 시간이다. 그 무수한 시간 속에서 만나고 헤어진 선후배와 동기들은 얼마나 많았던

가. 청춘을 고스란히 보낸 곳이기도 했고 워킹맘으로 한 세월을 보낸 곳이기도 했다. 만 이십 년을 근무했던 직장의 울타리를 벗어난 지 이십 년이 넘었다. 세월이 그렇게 흘렀지만 인연의 끈은 계속 이어지고 있다.

퇴직 직원 간담회는 해마다 직장 창립 기념일을 전후해서 이루어지는 연례행사인데 코로나로 이 년간 공백이 있었다. 사회적 거리 두기가 완화되면서 이 행사도 재개되었다. 당연한 일이지만 현직에 있는 직원들은 점점 모르는 젊은 사람들로 바뀌었다. 그들을 보면서 세월 참 무상하다 싶었지만 시공간을 달리해 근무를 했어도 직장 선후배라는 동질감은 끈끈한 연대감을 느끼기에 충분했다.

처음 참석을 했을 때는 본부장이 연배가 높았으나 점점 비슷해지더니 동기 혹은 후배가 본부장이 되어 다시 만나게 되었다. 신입 사원 시절 연수를 시켰던 직원이 본부장의 자격으로 만나게 되었을 때는 왠지 모를 뿌듯한 마음이 되기도 했다. 신입으로 와서 몇 년 같이 근무하다 발령이 나 헤어졌을 때의 기억이 아직도 생생하기에 세월을 훌쩍 뛰어넘은 만남에도 앞의 기억이 고스란히 투영된 까닭이다.

오랜 세월을 근무했다 하여도 퇴직을 하고 나면 옛 직장 문턱 넘기가 쉽지 않다고들 한다. 나 역시 예외는 아니었다. 전직이라는 타이틀이 사람을 그렇게 만드는 것 같았다. 울타리 안에서는 전혀 몰랐던 감정이 울타리 밖에 서면 이방인처럼 왠지 어색하고 괜스레 쭈뼛거려졌다. 그런데 고맙게도 해마다 퇴직 직원 간담회로 나의 이름을 불러 주었다. 현업을 떠난 지 오래되었으나 한 번 맺은 인연을 잊지 않고 챙겨준다는 것에 참석할 때마다 잔잔한 감동이 일었다. 비록 몸은 떠났으나 평생을 함께 간다는 것은 기분 좋은 자부심과 함께 자신이 속했던 직장에 대한 자긍심 또한 가지게 했다.

돌이켜 보니 좋은 시절에 좋은 직장에서 일을 했다는 생각이 든다. 다닐 때는 불만이 전혀 없지는 않았겠지만 한 직장에서 오래 근무할 수 있었던 것은 지금처럼 정규직과 비정규직이라는 것이 없었기 때문이다. 그 시절에는 어느 직장이든 특별한 사유가 없는 한 평생직장이라 여기며 근무를 했다. 내가 다녔던 직장처럼 퇴직 직원 긴담회를 하지 않는다 하여두 다른 명목으로라도 만남을 이어가는 것으로 알고 있다. 직원 간의 관계 역시 지금보다 훨씬 인간적이었다. 정규직이 하늘의 별 따기가 된 지금, 파견직이나 계약직으로 몇 년간 근무하다 새로운 직장을 구해야 하는 요즘 젊은이들에게는 저 언덕 넘어 뜬구름 같은 이야기로 들릴지도 모르겠다. 기성세대로서 이런 세상이 참으로 안타깝고 미안한 마음마저 든다.

'지나고 보니 다 추억이더라', '지나고 보니 다 아름답더라.'는 말을 하지만 시대마다 사회적 환경이나 직장의 정서는 다를 수 있다. 그때는 지금과는 사뭇 다른 아날로그적 감성과 애틋함이 있었다. 그것을 잊지 말라고 호명하는 것 같아서 다소 먼 길이긴 하나 퇴직 직원 간담회에 빠지지 않고 참석하고 있다. 흩어져 사는 퇴직 직원들을 한자리에 모이게 하여 식사 대접을 하고 서로의 안부를 묻고 지나간 세월을 돌이키는 시간은 타임캡슐이 열린듯 옛 추억이 쏟아지는 시간이기도 했다.

인생 후반기를 향해 가는 길은 즐거운 일보다 다소 슬프고 외로운 일이 더 많지만, 체력도 지력도 예전 같지 않지만 그렇다고 마냥 쓸쓸해하지는 않으련다. 새로운 인연을 만들기 보다 오래

된 인연을 소중하게 여기며 끝까지 잘 가꾸어가야 하리라. 건강
이 허락하는 한 불러주면 흔쾌히 대답하고 좀 불편하더라도 길
을 나서 볼 일이다.

　이제는 헤어질 시간, 풀어 놓은 추억 보따리를 여미며 젊음을
함께 보낸, 이제는 초로의 길에 서 있는 동기들과 서로의 건강을
기원하며 내년을 기약했다. 언제나 그랬듯 알뜰하게 챙겨준 기
념품 가방을 꼭 쥐고 나는 버스에 올랐다.

5부 합방合房

한 생이 끝난 뒤, 정리하는 시간은 무겁고 느린 듯했지만 한편으론 일
사불란하게 돌아갔다. 슬플 겨를도 주지 않았다. 절차와 법에는 애틋
한 감정이 끼어들 틈이 없었다. 그래서 회한에 찬 슬픔은 두고두고 우
리 곁을 맴도는지도 모른다.

합방合房

함이 들어섰다. 입관을 끝낸 어머님 곁에 조심스레 놓인 함 속에는 아버님의 유골이 모셔져 있다. 상주들은 뭐라 형언할 수 없는 기분으로 망연히 서 있는데, 큰아들인 남편이 한마디 툭 던졌다.

"어무이요, 오늘 하룻밤 아부지하고 같이 지내시이소."

팔십팔 세를 일기로 어머님이 세상을 떠나셨다. 어머님은 오년 가까이 요양 병원에 계셨다. 그사이 수술을 네 번이나 받았다. 대신할 수 없는 고통을 지켜보는 자식들도 힘든 건 마찬가지였으나 맏이인 남편은 각별했다. 대개 요양 병원에 모셔 놓고 육 개월만 지나면 자식들의 방문이 점점 뜸해진다고 한다. 남편은 그러지 않았다. 어머님에게 지극정성이었다. 그것은 서른을 갓 넘긴 나이에 홀로 되신 어머님에 대한 애잔한 연민이었을 것이다.

살아생전 어머님은, 당신이 겪어낸 세월은 책 몇 권으로도 모자랄 것이라고 했다. 이제 어머님은 하늘 길에 오를 절차를 밟고 있는 중이다. 지금, 그 곁에 삼십육 세 청년으로 처자식과 사별한 아버님이 누워 계신다.

아버님과 어머님은 생전에 십이 년을 살았고, 죽어 반백년 만에 만났다. 어머님은 삼십 대 초반에 청상이 되어 오남매를 키워냈다. 막내 시동생을 낳고 육 개월 만에 아버님이 돌아가셨다. 육십을 바라보는 시동생은 얼굴도 모르는 아버지를 이렇게 마주하게 되었고 며느리인 나도 아버님과의 첫 만남을 이렇게 하게 되었다.

맏며느리인 나는 아버님 제사를 모실 때마다 어머님으로부터 귀에 못이 박이도록 들은 말이 있었다. 당신이 돌아가시면 산에 있는 아버님을 일으켜 세우라는 것이었다. 처음에는 무슨 말인가 했었다. 어머님은 사후에 화장을 원하셨고 그렇게 하자면 아버님도 함께 화장을 해야 한다는 뜻이었다.

사진으로밖에 뵌 적 없는 아버님은 인물도 키도 훤칠했다. 집안의 중매로 부부의 연을 맺은 어머님은 아버님과 무덤덤하게 사셨다지만 짧은 세월 정 들일 시간조차 부족했을 것이다. 미운 정 고운 정 들일 틈도 없이 불쑥 찾아든 이별이었다. 겨우 십 년을 넘겨 산 세월, 좋은 기억일랑은 힘겨운 세월에 묻혀 박제되고 말았을 것이다.

결혼 후, 삼십 년 넘는 세월을 보내며 어머님과 고부간의 역사를 지었다. 그 세월 속에서 어머님과의 갈등은 크게 없었으나 가끔 이해 안 되는 일들이 있었다. 가령 담배를 피우신다거나 스스럼없이 거친 말을 하는 것이었는데 처음에는 적응이 쉽지 않았었다. 세월이 지나자 자연스레 알게 되었다. 평탄치 못한 세월의 강을 건너느라 속을 다스려야 할 일이 많았고 그럴 때마다 담배로 그 속을 달랬다는 것을. 젊은 과수댁에게 집적거리는 남정네들을 쫓아버리기 위해 거칠게 욕을 할 수밖에 없었다는 것을.

지아비 없이 오남매를 끌어안고 살아온 어머님의 세월을 나는 다 헤아리지는 못한다. 살면서 짐작할 뿐이었다. 자식 중에서 아버님에 대한 기억이 가장 많은 사람이 장남인 남편이고 어머님의 서러운 삶을 잘 아는 사람도 남편이었다. 비록 요양 병원에 계셨지만 어머님은 남편에게 평생 받지 못한 사랑을 말년에 아들에게서 듬뿍 받고 가셨다. 담당 주치의도 진정한 효도가 무엇인지 많이 배웠다고 말할 정도였다.

세상사 마음먹은 대로 움직여 주지 않는다는 것 잘 알지만, 때로는 조금만 기다려 주면 얼마나 좋았을까. 그간의 정성을 봐서라도 기다려 줄 법한데 그조차도 허락되지는 않았다. 병원 문턱이 닳도록 다니며 그렇게 정성껏 어머님을 보살폈는데도 아들은 어머님의 마지막을 지키지 못했다. 급한 일로 서울에 갔다가 다음날 어머님을 뵈러 가기로 돼 있었는데 하행선 열차에서 임종 소식을 접했다.

평소 어머님의 뜻대로 아버님 이장 문제를 형제들과 의논하고 일을 맡길 업자를 만났다. 묘를 열었을 때, 유골이 유실되었을 수도 있고 삭아서 흔적이 남아 있지 않을 수도 있다고 했다. 오십 년이 넘었기 때문에 그럴 가능성이 있다는 것을 미리 고지했다. 수술을 하기 전 보호자에게 최악의 경우까지 설명하는 의사처럼, 그것은 업자들 탓이 아니라는 뜻이었다.

뜻밖에도 아버님의 유골은 온전한 상태였다. 젊어 돌아가셨기에 그렇다고 했다. 아버님은 서른여섯의 젊은이로 지하에서도 늙지 않았던 것이다. 더 늙어 버린 자식들이 아버지와 마주했다. 남편과 시동생들의 마음이 어떤지 짐작조차 되지 않았다. 멈춰 버린 과거와 흘러간 현재와의 만남은 기묘한 슬픔으로 다가왔다.

어머님과 함께 화장을 하려니 까다로운 절차와 서류가 필요했다. 일을 보러 간 시동생이 주민센터에 있는 서류를 찾느라 애를 먹었다고 했다. 아버님은 오래전에 돌아가셨기 때문에 세월의 먼지를 뒤집어 쓴 서고에서 서류를 찾아내느라 시간이 걸렸다. 곡절 끝에 발인을 끝내고 화장터에 도착하는 시간을 겨우 맞출 수 있었다. 화장터에서도 복잡한 절차가 있었지만 다행히 잘 마칠 수 있었다.

한 생이 끝난 뒤, 정리하는 시간은 무겁고 느린 듯했지만 한편으론 일사불란하게 돌아갔다. 슬플 겨를도 주지 않았다. 절차와 법에는 애틋한 감정이 끼어들 틈이 없었다. 그래서 회한에 찬 슬품은 두고두고 우리 곁을 맴도는지도 모른다.

팔십팔 세의 어머님과 삼십육 세의 아버님은 작지만 오붓하게 지낼 수 있는 방 한 칸을 빌려 하늘마루에 신접살림을 차렸다. 육身은 사라지고 영靈만 남았지만 그래도 한동안은 부부 싸움에 여념이 없을 것 같다. 남겨졌던 어머님의 서러움과 급작스레 떠났던 아버님의 미안함을 해소하려면 시간이 필요할 것이다. 그 시간이 지나고 나면 새롭게 꾸민 신방에서 이승에서 못다 나눈 사랑 가이없이 나누면서 행복하게 사셨으면 좋겠다.

진주 브로치

진주가 열한 개나 박혀 있는 브로치다. 오랜 세월 속에서도 은은하고 우아함을 잃지 않았다. 섬세한 세공이 아름다움을 더하고 있다. 생의 전성기에 당신의 가슴에서 빛났을 진주 브로치가 내게로 왔다.

어머니를 뵈러 고향에 갔다. 구순을 바라보는 어머니는 신체의 모든 기능이 제대로 작동되지 않아 고통스러운 시간을 보내고 있다. 특히 허리가 호미처럼 꺾여서 노년의 삶이 황량하기 그지없다. 생각하면 가슴 아프고 가서 뵈면 억장이 무너진다. 그나마 정신이 맑아서 대화가 된다는 것이 다행이다.

어머니를 자주 뵈러 가야지 하면서도 생각뿐일 때가 많았다. 마음만큼 여건이 따라주지 않아서 혼자 쓰는 반성문만 늘어갔다. 유례없는 감염병 코로나19 핑계로 더 가지 못했다. 통화할 적마다 나날이 쇠잔해지는 어머니의 모습이 눈앞에 보이는 것 같았다. 불현듯, 미루면 후회할 것 같아서 원래 가려고 했던 날보다 당겨 가게 되었다.

백발 성성한 어머니는 오랜만에 온 딸을 보자, 눈가부터 젖어들었다. 조금만 마음을 내면 이렇게 올 수 있는데 입이 열 개라도 할말이 없었다. 나 역시 울컥하는 마음을 겨우 누르며 짐짓 너스레를 떨었다.

"딸이 그마이 보고 싶등교?"

웃으며 한마디하는데 눈물이 났다.

점심을 함께 먹고 저녁도 함께 먹었다. 목욕까지 시켜 드리고 나니 늦은 저녁이 되었다. 묵은 된장 같은 곰삭은 이야기들이 줄줄이 이어졌다. 대부분 듣고 또 들은 이야기지만 여느 때처럼 처음인 것처럼 들었다. 병원 출입이 일상인 요즘의 이미니에게 고

릿적 이야기 말고 달리 이야깃거리가 있을 리 만무했다.

그것도 지쳤는지 잠시 이야기가 끊겼다. 문득 생각난 듯 어머니가 서랍에서 작은 주머니 하나를 꺼냈다. 그 속에서 진주가 알알이 박힌 브로치가 나왔다. 그것을 내 손에 쥐여 주었다. 예쁘게 달고 다니라고 했다. 어머니에게 이런 것도 있었나 싶을 만큼 브로치는 세련된 형태를 갖추고 있었다. 그러고 보니 몇 년 전부터 어머니는 당신이 지니고 있던 패물을 내가 갈 때마다 하나씩 건네주었다. 반지에서부터 목걸이 이번엔 브로치까지 받은 것이다. 진주 목걸이, 진주 반지 등 유난히 진주가 많았다.

진주는 조개와 같은 연체동물에서 생성된다. 모래나 기생물 등이 조개 안에 들어가면 조개는 내부를 보호하기 위해 체액을 분비한다. 그 체액이 이물질을 감싸며 조직을 만드는데 그것이 성장하여 진주가 된다. 조개의 체액은 이물질을 막기 위해 만들어진 것이라 강한 보호력을 지닌 것으로 모성의 상징으로 여기기도 한다. 진주는 순결과 부귀, 건강을 지켜주는 보석이라 하며 보석 중에서는 유일하게 가공하지 않고 생긴 모습 그대로를 사용한다.

그리스 신화에서는 사랑의 여신인 아프로디테가 바다의 거품에서 탄생할 때, 몸에서 떨어진 물방울이 진주가 되었다는 설도 있다. 사랑과 풍요의 여신인 아프로디테에게서 나왔기 때문에 순결함과 청순, 여성적인 매력을 가진 보석이라 전해진다. 진주는 '인어의 눈물' 혹은 '바다의 눈물', '달의 눈물'이라는 별칭도 가지고 있다.

당신에게 받은 진주 브로치를 나는 들여다보고 또 들여다보며 만지작거렸다. 어머니는 어떤 마음으로 이것을 내게 건네준 것일까? 당신의 마음을 짐작해 보았다. 미리 받는 유품 같아 가슴 깊은 곳에서 아릿한 슬픔이 올라왔다.

어머니는 저것을 어느 시절에 달았던 것일까? 왜 나는 당신의 청춘, 어머니의 전성기를 생각하지 못했을까? 늙고 병든 지금의 어머니 모습 너머 세월을 거꾸로 돌려보면 당신에게도 밝고 빛나던 시절이 분명 있었을 텐데. 건강하고 행복했던 시기를 거쳐왔을 텐데. 은은하고 우아한 빛을 발하는 진주 브로치를 가슴에 달았던 때 있었을 텐데.

어머니는 동네에서 '광화동 미인'으로 불렸다. 흰 피부에 쌍꺼

풀진 큰 눈이 이목을 끌었다. 어릴 때 어머니 친구들이 외딸인 나를 볼 적마다 엄마 닮았으면 더 예뻤을 것이라 했다. 아버지를 닮은 나는, 어머니의 하얀 피부가 부러워서 가끔 투정을 부리기도 했었다. 그랬던 어머니도 세월을 비켜가지 못하고 있는 것이다.

진주의 탄생은 사람의 탄생과 닮았다. 조개 속에서 자라는 진주는 어머니의 자궁 속에서 자라는 태아와 같으며 제각각 태어난 모습 그대로인 것도 같다. 순결하게 태어나 건강과 부귀를 상징한다는 진주지만 때로는 인어의 눈물이 되기도 하고 달의 눈물이 되기도 하는 보석!

한 시절 어머니의 가슴에서 우아하게 빛났던 진주 브로치는 이제 당신에게 눈물이 되었나 보다. 어머니는 자신에게 다가올 시간을 앞에 두고 그립고 아름다웠던 시간을 딸에게 건네주고 싶었는지도 모르겠다.

진주 브로치는 그렇게 내게로 왔다.

엄마를 부탁해[*]

출입이 통제된 병원 문 앞에서 벨을 누른다. 얼굴만 배꼼 내민
경비가,

"방문 안 되는 거 몰라요?"

퉁명스레 타박부터 한다. 순간 '안다구요. 근데 울 엄마가 여기
있단 말이에요.'라는 말이 목울대까지 올라왔다 내려간다. 준비
해 간 몇 가지 반찬과 간식거리를 전해 달라고 했더니 그제야 문
이 열린다. 그렇지만 문밖에서 문안으로 한 발짝 들어섰을 뿐이
다. 이곳 사정을 모르는 바 아니나, 심정적으로 야박하고 야속하

기만 하다. 체온을 재고 방문 기록을 남긴다. 우리는 지금, 그 누구의 탓도 아니지만 우리 모두의 탓이기도 한, 코로나 바이러스 감염병 앞에서 꼼짝하지 못하고 있다.

엄마가 요양 병원으로 가신 지 여섯 달이 지났다. 치매 판정을 받고 몇 년이 지났지만 주간 보호 센터에 다닐 만큼 중한 상태는 아니었다. 하지만 엄마의 몸은 점점 쇠락하고 정신은 맑았다 흐렸다를 반복하며 짙은 안개 속을 헤매는 날들이 이어졌다. 연초부터 불어닥친, 바이러스의 공격으로 사람들은 한 번도 겪어 보지 못한 일상을 반 년 넘게 견디고 있었다. 엄마가 다니던 주간 보호 센터도 문을 닫았다. 혼자 있는 것이 걱정스러워 병원에 들어가면 어떻겠냐고 조심스레 물었을 때도 엄마는 아직은 안 갈 것이라며 잘라 말했었다. 그렇게 완강하던 엄마가 당신 스스로 병원으로 들어가겠다고 했다.

상황이 상황인지라 마음 아픈 것과는 별개로 자식들은 엄마가 가실 병원을 알아보기 시작했다. 시설이 좋다 싶으면 외곽에 있어 접근성이 떨어지고 시내에 있는 것은 시설이 썩 좋지 않았다. 엄마가 의견을 냈다. 먼저 들어간 친구가 있는 곳으로 가겠다고 했다. 다행히 내가 찾아가기에도 수월한 곳이었다. 막상 엄마를 보내려고 하니 삶은 고구마를 먹다 목이 걸린 것처럼 숨을 제대로 쉴 수 없었다. 동생들도 마음이 복잡해 보였다. "열 자식이 한 부모 못 모신다."는 옛말이 하나도 틀린 말이 아니었다. '엄마가 가시겠다고 했잖아.' 자식들은 스스로에게 면죄부를 부여했다.

혼자서는 할 수 있는 것이 거의 없는 엄마는 정신마저 오락가락 해서 병원에서 지내는 편이 훨씬 나을 것이라고 다들 믿었다. 외동딸인 나는 병원에 들어가기 전, 며칠 동안 엄마와 함께 지냈다. 생신이 다가오고 있었다. 딸이 직접 생일상을 차리고 싶었다.

당신이 가겠다고 결정은 했지만 엄마도 심란해 보였다.

"그냥 추석 쇠고 가까? 너무 더우면 안 갈란다. 옷은 우째 챙겨야 되노?"

갈팡질팡한 마음이 역력했다. '그럽시다. 엄마 그냥 추석 쇠고 갑시다.'라고 말을 할 수 없었던 것은, 당신의 장남이 엄마가 병원에 들어가고 난 다음날 큰 수술이 잡혀 있었기 때문이다.

생신날 오랜만에 형제들이 모여 즐거운 시간을 보냈다. 다행히 엄마도 마음이 편안해 보였다. 임마가 거처를 옮겨야 하는 날이

얄짤없이 찾아왔다. 그때부터 내 마음은 내 마음이 아니었다. 없던 일로 하고 우리 집으로 모셔 가고 싶은 마음이 굴뚝같았으나 그 또한 쉽게 결정할 수 있는 일이 아니었다.

요양 병원 일층에서 엄마는 휠체어에 탄 채 손을 흔들며 자식들과 작별 인사를 나누었다. 그때만 해도 코로나 사태가 이렇게 길어질 줄은 몰랐다. 생이별의 시간이 될 줄 몰랐다. 언제든 보러 갈 수 있는 날이 곧 오리라 여겼다. 그사이 추석이 지나가고 가을이 왔으며 코로나는 더욱 극심해졌다. 고위험군에 속하는 요양 병원 출입은 통제되고 가끔 영상 통화로 엄마의 얼굴을 볼 수 있을 뿐. 이 또한 자주 할 수 없는 노릇이라, 내 마음은 가뭄에 갈라진 논바닥처럼 타들어갔다.

병원에서는 문제가 생기면 집에 있을 때보다 바로 조치가 되고 24시간 곁에서 챙겨 주는 간호사나 요양 보호사가 있어 안심은 된다. 하지만 면회가 안 되는 상황이라 답답하고 괜한 걱정까지 보태어져 불안하기만 하다. 전화 통화만이 유일한 안부인데 전화도 잘 받지 않는다. 병원에 들어가기 전까지 엄마는 시도 때도 없이 딸에게 전화를 했다. 바쁠 때 하릴없이 전화를 해대는 엄마가 짜증스러워 퉁명스레 받기도 했다.

엄마를 그렇게 보내고 나는 지금 겨울 한복판에 서 있다. 몸도 마음도 시리고 아리다. 이렇게 힘든 마음이 될 줄 몰랐다. 그것은 평소 엄마에게 잘하지 못한 회한이 앞서기 때문이다. 제 살기 바쁘다고 한없이 받기만 하고 돌려 줄줄 몰랐던 이기적인 딸이어서 더 그렇다. 정신 차리고 보니 때가 너무 늦은 것이다.

코로나 때문에 엄마가 있는 곳도 내가 있는 곳도 서로 만날 수 없는 공간이 되었다. 하지만 처지는 다르다. 엄마의 선택이 모든 것을 내려놓은 것이라면 나는 그것을 힘겹게 바라보며 일상을 견디는 공간으로 바뀌었다. 처음에는 전화기 너머 엄마의 목소리는 밝았고 잘 지낸다며 되레 나를 안심시켰다. 정말 다행이라 싶었다.

"엄마, 다리 힘 생기게 운동도 열심히 하세요. 그래야 돌아오는 생신은 집에 와서 지내지요."

그런데 엄마는 이제 전화 받는 일조차 힘들어한다. 며칠째 통화가 되지 않아서 간호사실에 연락했더니 다음 날, 영상 통화를 시켜 주겠다고 했다.

정해준 시간을 기다려 전화기 앞에서 엄마와 얼굴을 마주했다. 엄마를 부르자 얼굴이 상기된 엄마는 말 한마디하지 못하고 눈물만 줄줄 흘렸다. 나도 같이 눈물 범벅이 되었다. 그 눈물이 전해주는 엄마의 말이 너무 아파서 며칠 내내 끙끙 앓았다.

그날 이후, 엄마는 말수가 줄고 의사 표현도 힘들어 보였다. 대화를 이어갈 수가 없었다. 가끔은 섬망이 찾아와 내 가슴을 철렁 내려앉게 했다. 더 좋아지지는 못할망정 병원 문턱을 넘어서고 급격하게 나빠지는 것이 눈에 보이듯 선했다. 너무나 단순하게 생각하고 보내 드린 것은 아닐까. 하루에도 몇 차례씩 후회가 밀려왔다.

새해가 되었다. 만날 수는 없어도 당신의 딸이 다녀간 것을 알면 위로가 될까? 병원 입구에서 엄마와 영상 통화를 한다. 손도 잡을 수 없고 안아 보지도 못하지만 기기에 의지해 엄마 얼굴을 본다. 웃음기 사라진 엄마 모습에 가슴이 찢어진다. 혹여 딸을 잊을까. 확인하고 또 확인한다. 애달픈 마음 애써 누르며 병원을 나선다.

사람과 사람이 만나지 못하는 이 기막힌 현실이 하루빨리 지나가길 바라며 그때까지 엄마가 무사히 잘 지낼 수 있도록 세월아, 엄마를 부탁해.

＊ 신경숙의 소설 제목 차용.

먼 섬

해무가 걷히기 시작한다. 육지로 나가는 첫 배가 결항되어 내심 불안했지만 바다가 길을 열어 주지 않으면 꼼짝없이 갇힐 수밖에 없다. 섬이란 그런 곳이다. 다행히 날씨가 서서히 좋아지고 있어 일정대로 움직일 수 있다. 서남해안의 뱃길을 백 년 넘게 지켜온 등대와 나무 계단을 십여 분 오르기만 하면 정상석이 보이는 독실산과 섬에서 가장 아름다운 풍경을 간직한 섬등반도까지 둘러본다.

구월 하순, 이미 떠나 버린 여름 자리에 가을꽃이 피어 섬을 곱게 수놓고 있다. 섬등반도 송년 우체통 앞에 핀 구절초가 유난히 곱다. 가을빛 스민 초원에 빨간 우체통과 하얀 구절초가 한 폭의 그림이다. 육지에서 뚝 떨어진 먼 섬, 가거도에 든 지 이틀째다.

우리나라 최서남단에 있는 가거도, 목포에서 배를 타고 네 시간 삼십 분이나 걸리는 곳이다. 섬에 들면 무조건 일박을 해야 한다. 실재하는 거리와 심리적 거리 또한 상당해서 쉽게 들 수 없는 곳이다.

전날 오후 배로 들어와서 3구 마을 민박집에 짐을 풀었다. 이미 해는 지고 짙은 어둠이 내린 섬, 밤바다를 보며 저녁을 먹는데 음력 팔월 열아흐레 달이 구름 사이로 숨바꼭질을 했다. 별은 볼 수 없을 것 같았다. 민박집 마루에 앉아 밤하늘의 달과 밤바다에 떠있는 오징어잡이 배를 보았다. 오래 바라보고 싶은 풍경이었으나 새벽부터 길을 달리고 바다를 건넌 탓에 눈꺼풀이 무겁게 내려앉았다.

자리에 눕자 바로 잠이 들었나 싶었는데 바람 소리가 잠을 깨웠다. 칠흑 같은 섬의 밤은 깊이를 가늠할 수 없고 바람은 바다를 할퀴듯 사납게 몰어냈다.

섬은 세상과 소통이 자유롭지 못한 곳, 사람의 의지만으로 쉽게 드나들지 못하는 곳이다. 하여 스스로 고립을 원하거나 주변을 떠나 숨고 싶을 때, 마음에 이는 파고를 잠재우고 싶을 때 사람들은 종종 섬을 떠올린다. 섬에 들 때마다 배가 뜨지 않을까 봐 걱정이 되면서도 사나흘쯤 갇히고 싶은 양가적인 마음이 드는 것도 이런 심리의 발로가 아닌가 싶다.

새벽밥을 먹고 시작한 일정은 배를 타고 섬 둘레를 한 바퀴 도는 마지막 코스만 남겨 놓고 있다. 몇 년 전부터 배를 자주 타다 보니 어지간하면 멀미도 하지 않을 만큼 단련이 되었지만 뱃멀미에 대한 두려움은 있다. 바닷길은 예상할 수 없기 때문이다.

낚싯배에 오른다. 뱃머리에 자리를 잡고 바다를 본다. 바람과 파도, 배의 엔진 소리가 묘하게 어우러진다. 서서히 물결이 일기 시작한다. 물결은 파도를 만들고 해벽에 얕게 부딪치던 파도가 점점 몸을 부풀린다. 너울에 배가 좌우로 흔들린다. 배 안의 사람들도 대책 없이 흔들린다. 뭔가를 꼭 붙잡아야 할 것 같다.

어느 순간, 철썩하며 파도가 뱃머리를 덮친다. 무방비 상태로 파도에게 한 방 맞은 사람들은 "으아악!" 소리를 지르며 혼비백

산, 가거도에 온 선물을 선사한 선장이 회심의 미소를 지으며 선미로 자리를 옮기라고 한다. 매사 방심하지 말라는 경고장을 받은 셈이다. 작은 파도가 일면 뒤이어 큰 파도가 오고 몸집을 부풀린 파도는 배를 위협할 수 있다는 것을, 모든 일에는 전조가 있다는 것을 새삼 일깨워준다.

뱃머리 중에서도 가장자리에 앉아 있던 나는 파도와 정면으로 부딪쳤다. 머리카락도 얼굴도 옷도 다 버려 얼떨떨했지만, 찰나의 순간에도 가슴속에 든 근심 걱정들이 다 쓸려 내려간 듯하다. 태풍이 바다 속을 뒤집어 놓듯이 가끔씩은 가슴 깊이 가라앉아 있는 것들을 수면 위로 끌어올려야 몸이 가벼워지지 않던가.

추석이 되기 전, 일 년 만에 요양 병원에 계시는 엄마를 만났다. 명절을 맞이해 조건에 부합되는 가족은 한시적으로 면회가 허용되었기 때문이다. 비록 비닐장갑을 낀 손으로 엄마의 손을 잡았지만 가슴이 뭉클했다. 손을 잡는 행위가 이렇듯 거룩하게 느껴진 적이 있었던가. 그동안 영상 통화를 할 때는 얼굴만 보였기에 엄마의 손이 퉁퉁 부어 있는지, 검버섯이 피었는지도 몰랐다. 온기 사라진 몸과 부쩍 성한 모습을 바라보는 내내 마음이 천

근만근이었다. 다음 면회객을 위해 십 분도 채 되지 않은 시간은 눈 깜짝할 사이 지나 버렸다.

돌아오는 길에서부터 명절을 지날 때까지 엄마 생각만 하면 눈물이 앞을 가렸다. 죽음의 그림자를 드리운 엄마를 한 번이라도 더 보고 싶어 병원에 다시 면회 신청을 했다. 다행히 엄마를 만날 수 있는 기회가 한 번 더 주어졌다. 이번에는 일곱 살 때까지 저를 키워 준 큰딸을 데리고 갔다. 엄마는 손녀를 알아보고 눈물이 그렁그렁한 채 사랑한다는 말을 제법 힘 있게 했다. 표정 없던 얼굴에 미소가 번졌다. 자식은 물론이고 손주들도 다 보고 싶었다는 뜻이었다.

스스로 가시겠다고 했지만 갑자기 찾아든 코로나 때문에 엄마는 섬처럼 고립된 곳에서 유폐되어 여생을 보내고 있다. 배를 타고 바다를 건너는 것도 아닌데, 바람이 분다고 갈 수 없는 곳도 아닌데 먼 섬에 홀로 버려진 듯 외롭게 살고 있다.

우매한 자의 깨달음은 늘 몇 발자국 뒤에 온다. 잔물결 일 때 눈치를 채야 했다. 곧이어 파도가 오고 뒤이어 더 큰 파도가 온다는 것을. 하지만 세월이 하는 일이라 안다고 해서 크게 달라지지 않는다는 것도 안다.

섬 한 바퀴를 돌고 땅에 발을 딛는다. 계획된 일정은 아니었으나 우연의 바람에 실려 여기까지 왔다가 뭍으로 나가는 중이다. 섬에서 빠져나올 때 배가 롤러코스터를 탔지만 무섭지 않았다. 그동안 숱한 잔물결과 크고 작은 파도를 만나며 여기까지 왔기 때문이다. 섬등반도에 핀 가을꽃을 마음에 눈에 가득 담아 왔다. 그 향기로 이 계절을 잘 견디어 볼 작정이다.

고도古島의 옛집

거문도에서 가장 큰 집이란다. 항구를 눈앞에 펼쳐 두고 있는 민박집은 일본식 이층집이다. 하룻밤을 묵기 위해 들어서자 곱상한 중년의 여인이 미소를 지으며 반긴다. 일층은 가게로 사용하고 민박은 이층이라며 안내한다.

해는 점점 서쪽 바다로 기울어간다. 삐걱대는 나무 계단을 올라서자 실내의 사물들이 여명처럼 푸르스름한 빛을 둘러쓰고 있다. 딸깍, 주인이 스위치를 눌러 불을 켠다. 잘 정돈된 가구들이 제 빛을 발한다. 여행길에서 묵었던 그동안의 숙소와 판이한 모습이라, 얼른 씻고 쉬고 싶었던 생각은 저만치 달아나고 호기심이 바짝 다가선다.

　백 년이 다 되어가는 집, 오래 간수한 것에서 느껴지는 연륜이 묻은 반들거림, 켜켜이 묵은 냄새가 훅 끼쳐든다. 이런 곳에서 하룻밤 묵게 되었다는 것이, 풀밭에서 네잎클로버를 단번에 찾았을 때처럼 기분이 좋아진다. 항구를 바라보는 정면에 네 개의 방이 나란히 있고, 벽을 따라 고만고만한 방이 이어진다. 그 가운데 넓은 다다미방은 문을 뗐다 붙였다 할 수 있는 구조다.

　벽 한곳에 눈길이 머문다. 화려한 놋쇠 장식을 단, 키 높이가 다른 반닫이 두 개가 붙박이로 있다. 지금은 보기 힘든 정겨운 옛 가구, 세기를 넘어온 반닫이는 고색창연하다. 잊혀가는 사람들과 옛 물건들이 —백발의 할아버지와 쪽찐 할머니, 유기와 도자기, 횃대와 횃댓보, 비녀와 참빗 등— 기억 저편에서 차례로 올라왔다 신기루처럼 사라진다.

　회벽 사이 나무 기둥에서 오랜만에 맡게 되는 익숙한 향이 난다. 향나무 기둥은 몸통 전체가 울퉁불퉁 조각품처럼 아름답다. 잔가지를 쳐낸 자국들이다. 세월에 깎인 맨들한 자국을 어루만

지니 더 진한 향을 뿜어낸다. 후각까지 자극하는 미학적인 기둥, 집을 지은 사람의 안목이 보통이 아니었던 것 같다.

여수에서 이곳으로 시집을 왔다는 안주인이 집의 내력을 풀어낸다. 이 집은 1925년에 일본인이 지은 집이다. 처음부터 여각旅閣으로 사용하기 위해 세워졌는데 지은 이가 여자였다는 것이다. 일제 강점기 때 우리나라 섬에까지 들어와 해산물을 거래하는 무역업을 했으며 상인들을 상대로 숙박업까지 하였다. 씁쓸하긴 하나, 가히 여장부라 아니할 수 없겠다.

일본인 주인은 당연히 부릴 수 있는 현지인이 필요했을 것이다. 지금 안주인의 시할아버지가 여각에서 일을 했었다. 해방이 되자, 일본인들은 본국으로 돌아가야 했으므로 이 집을 물려주고 갔다. 이곳 말고도 여러 채가 있었지만 거문도에서 가장 큰 이 집을 주었다. 주인에게 시할아버지는 필시 신임이 두터웠을 것이다.

거문도는 1885년 3월 1일 영국 함대 3척이 불법으로 점령하여 2년간 주둔했던 곳이다. 이른바 '거문도사건'으로 당시 영국과 러시아가 세계 도처에서 상호간의 제국주의적 대립에서 일어난 사건이었다. 조선 정부는 이 사건의 해결 과정에서 극도의 허약성을 드러내었고, 문호를 개방하라는 서구 열강들의 압력을 받았다. 개항 후 조선은 열강들의 침략전 각축장이 되었다.

천연의 요항要港인 거문도는 대한 해협의 문호로써 한일 양국의 해상 통로는 물론 러시아의 태평양 진출의 요충지였다. 영국이 제일 먼저 침략하였고 러시아와 청나라가 호시탐탐 노렸으나 그들이 빠지고 일본이 차지하게 된 것이다. 거문도에 적산 가옥이 많은 것도 이 때문이다. 흘러간 역사는 말이 없지만 잊지 말고 기억해야 할 일이다.

집의 역사를 알려 준 안주인의 말이 이어진다. 요즘 섬에서는 어업이 주업은 아니란다. 예전만큼 고기가 잡히지도 않거니와 섬을 찾는 여행객이 늘어나는 추세라 대부분 관광업과 겸하여 생업을 유지하고 있다는 것이다. 민박을 치거나 식당을 하고, 낚싯배나 유람선에 관광객을 싣는다. 그렇게 삶의 형태가 바뀌어가고 있다.

주중이라 그런지 손님은 우리밖에 없다. 오늘밤 넓은 이층을 통째 차지하게 생겼다. 항구가 바로 보이는 방에 짐을 풀고 바다를 본다. 격자무늬 창으로 보이는 흐린 풍경이 무채색 스탠드 글라스 같다. 정박해 있는 배들이 몇 조각씩 나뉘어 있고 갈매기 날개도 잘려 보인다. 바로 시가 되는 풍경이다. 옛날에는 이층 창에서 낚싯대를 던져 고기를 잡을 정도로 바다와 가까웠다고 한다. 머릿속으로 한가롭고 낭만적인 그림 한 폭이 담긴다. 조각난 하늘과 바다는 곧 어둠에 잠길 듯 형체가 사라지고 있다.

고도古島라고도 불리는 거문도는 오래전, 직장 동료들과 여름 휴가차 와 본 적 있으나 섬의 모습은 처음인 듯 생경하다. 삼십 년도 더 지난 세월 속 기억에 남아 있는 것이 거의 없다. 그도 그럴 것이 그때만 해도 여수에서 거문도까지 대여섯 시간은 족히 걸렸고 심한 멀미로 거의 초주검 상태였다. 섬에 도착하면서부터 다시 돌아갈 생각만 하면 헛구역질이 올라와서 휴가를 어떻게 보냈는지 멀미의 기억만 선연하다.

이번에 여수항에서 탄 배는 쾌속선으로 두 시간 조금 넘게 걸렸다. 젊어서는 느린 배를 탔고 나이 들어서는 빠른 배를 탔는데 '나이만큼 세월의 속도가 빨라진다.'는 말이 떠올라 피식 웃음이 난다. 스쳐 지나간 소소한 것들조차 돌아서면 그리워지는 나이가 되어서일까. 보이는 것 하나라도 놓칠세라 눈에 꼭꼭 눌러 담는다.

바다 민박집의 밤이 깊숙한데 잠은 저만치 달아났다. 따뜻한 차를 마시며 거문도의 검푸른 바다를 본다. 오래된 섬, 아린 역사와 수많은 곡절이 스며있는 옛집, 낡았으나 정갈하고, 큰 틀은 유지하면서 현재와 함께 호흡하는 집, 대를 이어 세월을 건너오면서도 향기를 잃지 않은 섬집이다.

백 년이 되어 가는 민박집은 기억해야 할 역사를 간직하고 있지만 집의 내력은 점점 잊힐지 모른다. 하지만 존재만으로도 충분한 가치가 있지 않을까. 이 집처럼 낡아가고 있는 나 또한 곡절을 겪으며 살아온 날들이 잘 숙성되고 있는지 그래서 조금은 깊어져 그윽한 눈으로 세상을 바라보고 있는지 스스로에게 질문을 던져본다.

섬집의 과거와 현재를 만나는 시간, 집도 사람도 흘러간 세월 속에서 무늬를 새기며 역사를 짓는다. 그 세월만큼 묵직한 향을 지닐 수만 있다면 무얼 더 바라겠는가.

킹크랩과 고려인

연해주의 유월은 우리나라 가을 날씨와 비슷했다. 블라디보스토크에서 하루를 보내고 그곳에서 두 시간 가량 떨어진 우수리스크에 간 날이었다. 아침부터 가랑비가 내렸다. 비는 검은 흙바닥을 적시며 종일 내렸다.

추적추적 내리는 비를 맞으며 빡빡한 일정을 소화하느라 다소 지쳤기에 따뜻한 저녁 식사가 간절했다. 고려인들이 많이 살고 있는 우수리스크에서 일정을 끝낸 늦은 오후에 고대하던 킹크랩을 먹게 되었다.

미리 세팅된 테이블 가운데에 메인 요리인 왕게 다리가 푸짐하게 놓여 있었다. 이곳의 게 다리는 우리나라에서 먹던 게와 굵기부터 달랐다. 바다에서 잡자마자 쪄서 바로 얼린 게를, 먹기 열 시간 전에 꺼내 실온에서 해동시킨다고 했다. 게살은 완전히 녹지 않아 얼음이 서걱거렸다. 따뜻하지 않아 아쉬웠지만 보드카를 곁들인 저녁 식사는 질과 양이 만족스러웠다.

수북이 쌓인 게 껍데기를 보며 포만감에 젖어 어제오늘의 일정을 되새겨 보았다. 갑자기 잘 먹은 저녁이 불편해지기 시작했다. 내가 여기를 왜 왔는지 잠시 잊었던 것이다. 우수리스크에서 고려인을 많이 만날 줄 알았는데 그러질 못했다. 킹크랩에 얽힌 일화와 고려인의 삶이 비교되어 마음 한자리가 눅눅해졌다.

킹크랩은 차가운 바다에서 서식하는데 원래 베링해와 오호츠크해, 알래스카 일대에서만 나는 고유 어종이었다. 킹크랩은 그래서 대부분이 러시아산이다. 그런데 요즘은 북유럽에서 잡히는 노르웨이산 킹크랩도 많이 먹는다. 베링해와 노르웨이 앞바다인 바렌츠해는 수천 킬로미터나 떨어져 있다. 게다가 위로는 북극의 빙하가 가로막고 동쪽으로는 아메리카 대륙이, 서쪽으로는 유라시아 대륙이 막고 있는데 어떻게 북유럽에서 킹크랩이 잡히는 것일까?

소비에트 연방 시절인 1960년대에 소련은 동유럽 지역의 식량난을 해결하기 위해 오호츠크해에서 잡아 올린 킹크랩 수만 마리를 시베리아 횡단 열차에 실었다. 수천 킬로미터를 달려서 베링해와 정반대에 있는 바렌츠 바다에 킹크랩을 풀었다. 소련의 과학자들은 북유럽의 차가운 바다가 베링해와 같은 극저온의 수온으로 비슷한 환경일 것이라고 판단하였다. 수년 후 처음 풀어놓은 바다에서 킹크랩이 발견되지 않자 환경 적응에 실패한 것으로 생각하고 연구를 중단하였다.

그로부터 수십 년이 지난 1990년대부터 노르웨이 어부들이 처음 보는 엄청난 크기의 게를 건져 올리면서 큰 논란이 되었다. 당시 유럽은 대구, 청어, 연어 같은 물고기만 잡아왔는데 남획으로 인해 대구 씨알이 말라가고 바다도 황폐화되어 갔다. 그런데 커다란 게가 바다 밑바닥을 닥치는 대로 훑고 지나가며 성게, 불가사리까지 먹어치우자 골칫거리가 되었다.

그러던 중 게를 잡아서 먹어보니 이 게가 아주 맛있는 것이라는 것을 알게 되었다. 곧 그것이 오호츠크와 베링해협에서 잡히는 '레드 킹크랩'인 것도 알게 되었다. 1960년대 소비에트에서 행했던 실험이 수십 년 뒤에 노르웨이 연안까지 퍼지게 된 것이다.

이역만리 낯선 바다에 강제 이주 당한 킹크랩은 수십 년의 세월을 견디며 살아남았다. 조국을 떠나 차가운 땅 러시아에서 대를 이어 살고 있는 고려인들도 강제로 이주를 당한 아픈 역사가 있다.

블라디보스토크와 우수리스크가 있는 연해주에는 조선에서 흉년과 기근을 피해 두만강을 건넌 우리의 선조와 일제 통치에 항거하기 위해 망명한 독립운동가들이 민족적 차별을 견디며 살던 곳이다. 그 후손들이 고려인으로 이곳에 살고 있다.

블라디보스토크에서의 첫 날, 신한촌을 방문했을 때 우리말을 전혀 하지 못하는 고려인을 만났다. 그날은 쉬는 날이었는데 우리가 방문을 하게 되어 일부러 나온 것이었다. 아픈 몸으로 고국의 손님을 잠시라도 맞이하러 나온 그를 보며 지나간 아픈 역사에 대해 다시금 생각하지 않을 수 없었다.

석탑 세 개가 우뚝 솟은 '항일 운동 기념탑' 앞에서 국화 한 송이 헌화하는 것으로 예를 표했다. 먹먹해진 마음이 몹시 무거웠다. 먹고살 것이 없어 두만강을 건너 이곳으로 온 선조들과 나라를 구하고자 한 몸 아끼지 않았던 독립투사들이 있었기에 오늘의 우리가 있는 것이다.

그 옛날, 연해주에 정착하게 된 선조들은 학교를 세우고 농사지을 땅을 일구며 독립운동을 지원하였다. 힘들지만 부지런하고 성실하게 살았다. 러시아도 처음에는 밀려드는 한인 이주민을 연해주 개척을 위해 반겼지만 점차 상황이 바뀌게 되었다. 러시아 혁명은 연해주 한인들에게 안락한 삶을 위한 부의 축적을 허용하지 않았다. 사유제를 폐지한 그들은 개인 토지를 몰수하고 집단 농장을 만들어 부유한 농민을 제거하였다. 이에 따라 연해주 한인의 기반은 급속히 약화됐다.

러시아 민족주의가 확산되면서 한인 이주민들은 경계의 대상이 되었다. 뿐만 아니라 1930년대 소련과 일본 사이에 긴장이 고조되자 연해주 한인은 국제 정치의 희생양이 돼 시련의 소용돌이를 겪게 됐다. 1931년 만주까지 점령한 일본군은 소련군과 우수리강을 사이에 두고 자주 충돌했다. 이미 러일 전쟁에서 패한 경험이 있는 소련은 일본과의 충돌을 원치 않았다. 그러자 일본인과 구별되지 않는 한인들이 일본의 첩자 노릇을 했다는 구실을 만들어 대대적인 강제 이주를 시작했다. 강제 이주 직전 스탈린은 반항 세력에 대한 사전 제거를 지시해 한인 지도급 인사 다수가 처형되었다.

연해주 한인들은 소련 정부가 보낸 편지 한 통씩을 받고 간단한 가재도구와 식솔을 이끌고 블라디보스토크 혁명광장에 모였다. 강제 이주를 위해 화물 기차에 태워진 한인들의 비극을 차마 옮기기 죄스러울 지경이다. 일주일이면 닿을 길을 사십일에 걸쳐 중앙아시아 곳곳으로 버려졌다. 추위에 얼어 죽고, 배곯아 죽고, 병들어 죽은 사람이 헤아릴 수 없을 정도였다.

동맹국인 동유럽의 식량난을 해결하기 위해 킹크랩을 북유럽 바다에 풀었던 소련이다. 살기 위해 두만강을 건넜고 척박한 땅을 개척하여 뿌리내려 살고자 했으나 우리의 선조 고려인들은 그곳에서 이룬 모든 것을 버리고 강제 이주를 당했다. 그들의 후손이 아직도 그곳에 살고 있다.

시베리아 횡단 열차에 실려 북유럽 바다로 이주한 킹크랩은 수십 년의 세월을 견디고 살아남았다. 겉도 속도 변하지 않았다. 고려인은 겉모습은 우리와 같은 한민족이지만 우리말과 글을 잃어버린 채. 정체성과 싸우며 외로운 시간 속을 견디며 살고 있다. 슬픈 역사는 아직도 현재 진행형이다.

올봄에 본 벚꽃이 마지막 꽃일지도 모른다

여기저기 벚꽃 망울이 터지기 시작했다. 만개 소식에 작정을 하고 딸과 고향 진해로 향했다. 벚꽃은 여의도 윤중로에 핀 것이 최고인 줄 알고 있는 딸에게 진해의 꽃을 보여주고 싶어서다. 일곱 살 때까지 살았던 딸의 기억에는 살던 동네와 살던 집에 머물러 있었다.

고향을 찾은 날, 벚꽃은 만발하여 꽃대궐을 이루고 있었다. 시내 곳곳에 아름답게 피어 있는 벚꽃에 환호하며 구석구석 발품을 팔았다. 코로나19는 차츰 기세가 꺾였지만 아식 군항제 헹사는 열리지 못하고 있었다. 그럼에도 계절에 맞춰 피는 꽃을 보려고 여좌천변에는 인파들이 몰려들었다. 해질녘, 부는 바람에 벗꽃이 한 잎 두 잎 날리는 천변 풍경은 영화 속 한 장면이었다. 자연이 안겨준 행복한 시간이었다.

꽃들은 같은 꽃이라도 시차를 두고 피었다 진다. 거실 창밖으로 보이는 솔숲 사이로 제법 두툼한 나이테를 두른 키 큰 벗나무가 몇 그루 있다. 아파트 입구에 있는 벗나무는 꽃이 일찍 피고 일찍 졌다. 상대적으로 발코니에서 바라보이는 벗나무는 늦게 피었다 늦게 졌는데 이번에는 웬일인지 피는가 싶더니 곧바로 져버렸다. 공원의 튤립도 피기 무섭게 금세 시들었다. 사월의 이상 고온 탓이라고 했다.

계절도 수상쩍고 동식물들의 변화도 수상쩍다. 사계절이 뚜렷했던 계절이 경계가 허물어지고 기온도 종잡을 수 없다. 동북아시아에 속한 우리나라가 기후 위기로 조만간 사과와 포도를 더 이상 재배할 수 없을지도 모른다고 한다. 세계 도처에서 꿀벌이 사라지고 있으며 호주의 코알라도 멸종 위기를 맞고 있다. 코끼리의 멸종 위기는 생물 다양성을 위협하고 있다. 현재 지구별에 사는 생물들이 15분에 한 종씩 사라지고 있으며 이미 13%나 사라졌다고 한다.

꿀벌만큼 농사에 적극적으로 관여하는 곤충은 없다. 농작물의 꽃가루받이를 70% 가까이하고 있기 때문이다. 호박벌이나 뒤영벌, 박쥐도 그 역할을 하지만 꿀벌이 압도적이다. 그런 꿀벌들이 사라진다는 것은 심각한 문제가 아닐 수 없다. 수십 년 전부터 세계 곳곳에서 꿀벌이 사라지고 있었다. 올해 초 우리나라에서도 '꿀벌 실종 사건'이 일어났다. 학자들은 여러 이유가 있지만 기후 변화가 가장 큰 원인일 것이라고 했다. 꿀벌이 사라지면 식량 위기를 가져올 수 있다니 불안한 마음 감출 길 없다.

2년 전에 일어난 호주 산불은 섭씨 49도까지 치솟은 폭염이 지속된 것이 원인이었다. 산불은 6개월간 이어졌으며 지구를 벌겋게 달구었다. 호주의 대표 동물 코알라도 위기를 맞았다. 불구덩이에서 화상 입은 코알라를 구해 내는 장면은 세계인의 가슴을 아프게 했다. 이 산불로 6만 마리의 코알라가 죽었으며 서식지의 80%가 사라져 용케 살아남은 코알라도 멸종 위기종이 되었다.

핵심종인 코끼리도 1급 멸종 위기종이다. 인도나 아프리카의 코끼리들이 극심한 가뭄으로 먹이를 찾지 못해 쓰레기를 뒤적이고 민가로 내려가 사람에게 많은 피해를 입히고 있다. 2020년에 아프리카에서 350마리의 코끼리가 집단 폐사한 일이 있었다. 이상 기온으로 생긴 녹조 때문에 떼죽음을 당했다.

코끼리는 나뭇가지를 뽑아 숲의 습도를 조절하고 배변으로 식물의 씨앗을 수정시키며 탄소 저장고의 역할도 하는 동물이다. 그래서 코끼리는 핵심종으로 불린다. 그런데 사람들은 코끼리의 상아로 장신구를 만들고 급기야는 코끼리 다리를 잘라 탁자까지 만든다. 핵심종의 멸종으로 코끼리와 함께 살아가던 종들이 사라지고 있다. 인간의 탐욕으로 멸종의 도미노 현상이 일어나고 있는 것이다.

그동안 지구는 다섯 번의 대전환이 있었다. 백악기에서 신생대까지는 화산 폭발 등 자연재해로 일어난 것이었으며 속도도 느리게 진행되었다. 학자들에 따르면 지구의 여섯 번째 대전환은 이미 시작되었다고 한다. 인간의 이기심과 탐욕이 부메랑이되어 돌아오고 있다. 급격한 속도로 진행 중인 여섯 번째 대전환은 인류세 시대라고 부른다. 인류세는 인간의 활동이 지구 환경을 바꾸는 지질 시대를 이르는 말이다.

　인식을 같이하는 많은 사람이 지속 가능한 지구를 위해 헌신하고 있지만 아직도 상황의 심각성을 제대로 깨닫지 못한 사람들이 있다. 과민 반응이라고 말하는 사람도 있다. 그런데 정말 그럴까? 아니, 지구는 심각하다. 자연은 서로서로 연결되어 있기에 언제 와그르르 무너질지 모른다.

　짧은 봄, 봄꽃은 피었다 금세 지지만 다음 해를 기약할 수 있기에 고향의 벚꽃을 다시 보러 가리라 마음먹을 수 있다. 그런데 고운 꽃을 보는 일이, 윙윙대며 날아다니는 꿀벌들이, 어느 날 갑자기 거짓말처럼 사라지지는 않을까? 지구에 살았다지만 본 적 없는 공룡처럼, 코끼리도 사라지면

　"옛날에 코끼리라는 동물이 있었대."

　하며 먼 훗날, 얼굴도 모르는 우리의 증손자들이 그림책을 뒤적이며 이야기할지도 모르겠다.

당신을 사랑할 수 있어 참 좋았다[*]

글 마당에 들어선 지 제법 오랜 시간이 흘렀다. 그 시간 속에서 세 권의 작품집이 나왔다. 두 번째 책을 내면서 명함을 만들었는데 딱히 쓸 일이 없었다. 평소 명함을 주고받는 것에 익숙하지 않았으며 정작 필요할 때는 가지고 있지도 않았다. 플라스틱 사각 통에 담긴 명함은 책상 한 귀퉁이에 있는 듯 없는 듯 자리하고 있었다.

오랜만에 명함을 한 장 꺼내 본다. 왼쪽 상단에 수필가 아무개라 쓰여 있고 오른쪽 하단에는 이메일 주소와 블로그 주소, 모바

일 번호가 적혀 있으며 작품집과 소속된 협회가 찍혀 있다. 이 정보만으로도 나를 소개하기엔 충분한 것 같다. 그런데 이름 석 자 앞에 붙어 있는 '수필가'라는 수식어가 왠지 불편하다.

문단에서 수필을 은근 홀대하는 불편한 진실 때문일까. 간혹 처음 만나는 문인들과 인사를 나누며 수필을 쓴다고 하면 은근 슬쩍 낮잡아 보는 듯한 느낌을 받을 때가 있다. 그래서 나는 명함을 파면서 굳이굳이 수필가라고 새겨 넣었는지도 모르겠다. 시인이나 소설가가 쓴 산문집이 더 잘 팔리고 수필가가 펴낸 수필집은 대부분 수필가끼리만 돌려보는 것이 현실이다. 읽히지 않는 책, 팔리지 않는 수필집은 해마다 쏟아진다. 문학서가 전반적으로 팔리지 않는 추세지만 특히 수필집은 자발적으로 사 보는 사람이 드물다.

새해 첫날이 되면 신문마다 신춘문예 당선자가 발표된다. 시, 소설, 시조, 아동 문학 등 장르별로 있지만 수필을 뽑는 곳은 몇 곳 되지 않는다. 중앙지에는 아예 없다. 몇 해 전, 지방의 B신문사에서 다음 해부터 수필과 시조를 뽑지 않겠다고 했다. 그러자 시조계의 원로들이 늘고 일어나 신문사에 항의하고 연판장을 돌리는 등 사라질 위기에 처한 시조를 부활시켰다고 했다. 그런데 수필의 자리는 조용히 사라지고 말았다.

고향의 초등학교 친구들은 내가 글을 쓴다고, 책을 세 권이나 냈다고 만날 때마다 엄지를 추어올리면서도 나를 시인이라 부른다. 처음에는 손사래를 치며 수필을 쓴다고 수정해 주었지만, 작가를 시인과 소설가로만 인식하는 비문학인들을 더이상 설득하지 않기로 했다. 그들에게 그것은 하나도 중요하지 않았기 때문이다.

수필 공부를 같이 시작한 문우들이 어느새 시를 쓰고 동화책을 펴내고 소설을 쓰고 있었다. 그러나 나는 한 번도 다른 장르를 기웃거리지 않았다. 그것은 첫사랑 수필에 대해 순정을 바치거나 정조를 지키기 위해서도 아니며 수필을 특별히 잘 써서 그런 것은 더욱 아니다. 시는 읽는 독자로도 충분히 행복하고 엉덩이로 쓴다는 소설은 엄두가 나지 않아 우직하게 수필만 고집하고 있을 뿐이다.

이십 대로 거슬러 올라가 보면 그때 책을 참 많이 읽었었다. 물론 그전부터 책을 좋아했지만 본격적으로 읽기 시작한 것이 이십 대였다. 수시로 시집을 사들였고 전집류 구입에도 돈을 아끼지 않았다. 세계 명작과 국내의 장·단편 소설과 대하소설까지 왕성하게 읽어댔다. 명작이라고 펼쳤을 때 이해하기 힘든 책들도 있었지만 감수성 예민했던 그 시절 나도 작가가 되고 싶어 고민한 적이 있었다. 그러나 수많은 명작 앞에 주눅이 들어 지레 겁을 먹었던 것일까. 나는 그저 열심히 책을 읽는 독자가 되기로 마음을 고쳐먹었다.

그러던 어느 날 일본 작가가 쓴 에세이집을 읽었는데 편편마다 어렵지도 않으면서 일상의 이야기들이 가슴 뭉클한 감동을 주었다. 그때부터였다. 나도 저런 글을 쓸 수 있다면 얼마나 좋을까. 따뜻한 시선으로 세상을 바라보는 어른이 된다면 가능한 일이 아닐까. 꿈을 꾸기 시작했고, 내가 원하던 어른이 되었는지는 모르겠으나 중년의 어느 날부터 나는 수필을 쓰고 있었다.

수필은 대체로 자기 고백과 반성과 성찰로 시작한다. 과거의 특별한 기억을 건져 올려 나름의 해석을 하고 의미를 부여한다. 픽션이 허락되지 않으며 진솔함과 진정성을 가치로 삼는다. 그러다 보니 어느 정도 쓰고 나면 종종 한계에 부딪친다. 감추고 싶은 이야기를 풀어내기가 부담스럽기 때문이다. 그렇기 때문에 수필은 치유의 문학이 될 수 있는 것이다.

　지금 우리 사회는 너무나 깊은 병에 걸려 있는 것 같아 무척 걱정스럽다. 정치는 좌우로 극한 대립을 하고 세대 간의 갈등은 물론 남녀의 갈등까지 또한 젊은이들은 일자리가 없어 전전긍긍 피폐해져 가고 있다. 말투도 행동도 공격적이고 거칠다. 인품과 인격이 합해져서 '품격'을 이루는데 품격이라곤 찾아볼 수 없는 사회가 되었다. 무엇보다 지금 우리 모두는 썩 행복하지가 않다. 첨단 사회는 사람들을 점점 외롭게 만들고 극단으로 내몰고 있다. 망가진 인간성은 무엇으로 회복시켜야 할 것인가.

　지금은 우리 모두에게 위안이 필요한 때, 수필이 세상을 바꿀 수 있을까? 사회의 구성원으로서 책무 같은 것이 있다면 수필가는 좋은 글을 써야 마땅하리라. 미학적인 서정 수필은 사람의 정서를 안정시키고, 이야기가 있는 서사 수필은 동시대를 살아가는 사람들에게 동질감 혹은 연대감을 느끼게 한다. 읽고 나면 여운이 남는 사유 수필은 자신을 돌아보게 할 것이다.

　수필은 대개 원고지 12매에서 15매 정도의 길지도 짧지도 않은 글이다. 잘 쓴 서정 수필은 산문시 같고 소설 같은 서사 수필도 있다. 그런 의미에서 수필은 시나 소설보다 다양한 글을 쓸 수있을 것도 같다. 어쩌면 이 시대에 잘 읽힐 수 있는 글이 수필이아닐까. 물론 잘 써야 한다는 전제가 따르지만 말이다.

길을 가다 수필가님! 하고 부르면 네 명 중 세 명이 돌아본다는말을 들은 적이 있다. 이 시대에 넘쳐나는 것이 수필가인 모양이다. 수필가의 양적 확대는 확실히 되었다는 말이기도 하겠다. 수필을 쓴다고 밥이 되는 것도 아니며 명예나 권력을 쥘 수 있는 것은 더욱 아니다. 그러한데도 수필 교실을 찾는 사람들이 늘어나는 추세다. 별로 쳐주지도 않는 수필가들은 왜 수필을 끌어안고가는 것일까? 그것은 내 인생에 품격을 담고 나아가 주변을 정화시키고 싶은 선한 의지의 작용은 아닐는지.

그렇다면 이제는 수필 문단의 풍토에 대해 수필가들이 깊이 고민을 해 볼 차례다. 수필집 한 권을 묶기 위해 들이는 공력을 생각한다면 책을 그냥 나누어 주어서는 안 될 일 아닌가. 사서 보는 풍토를 우리 스스로가 만들어야 할 것이다. 판매 부수가 많지 않더라도 서점에서 팔리는 책이 되었으면 좋겠다. 어차피 밥을 얻기 위해 글을 쓰는 것이 아니라면 자긍심은 가져야 하겠기 때문이다.

인공 지능 AI가 세상을 지배할 것 같은 21세기에 살면서 시가 어떻고 수필이 어쩌느니 하는 것이 시대 조류를 거스르는 일인지는 모르겠으나 좋은 글은 장르 불문, 시공간을 뛰어넘어 사람의 마음을 움직이게 하고 순화시키는 기능을 가지고 있다. 인터넷의 발달로 종이 신문이 사라질 거라 했고 종이책이 팔리지 않아 문을 닫는 서점이 늘어나지만, 신문은 아직 건재하며 서점도 명맥을 이어가고 전자책도 생겼다. 동네마다 작은 도서관이 늘어나는 것을 보면 책은 사람들에게 항구적으로 유용한 도구라는 반증이 아닐까? 인공 지능이 아무리 판을 친다 해도 사람이 아니면 할 수 없는 것들이 있다. 유발 하라리의 말을 빌리면 "그래도 끝까지 살아남는 것은 예술 분야."라고 한다.

20세기 때 읽은, 지금은 제목도 생각나지 않는 에세이집이 나를 여기까지 이끌었듯이 글의 힘은 대단한 위력을 가진 것임에 틀림없다. 그러기에 사회적 책무를 떠나서라도 좋은 수필로 주변을 따뜻하게 어루만지고 마음 밭이 황폐해진 이들에게 촉촉한 물기가 스밀 수 있다면, 그런 글을 한 편이라도 쓸 수 있다면, 수필의 자리가 문단의 말석에 있다 하여도 수필가로 살아온 세월을 사랑할 수 있을 것 같다. 그래서 먼 훗날, 나는 이렇게 말하고 싶은 것이다.

'당신을 사랑할 수 있어 참 좋았다.'

* 곽재구의 여행기 제목 인용.

이지원 수필집

머그컵 프롬나드

인쇄 2022년 8월 8일
발행 2022년 8월 12일

지은이 이지원
발행인 서정환
펴낸곳 수필과비평사
주소 서울시 종로구 삼일대로 32길 36(운현신화타워 빌딩) 305호
전화 (02) 3675-3885 (063) 275-4000
팩스 (063) 274-3131
이메일 essay321@hanmail.net
출판등록 제300-2013-133호
인쇄 · 제본 신아출판사

저자와 협의, 인지는 생략합니다.
잘못된 책은 바꿔 드립니다.

ISBN 979-11-5933-409-2 (03810)
값 14,000원

Printed in KOREA

※ 이 책은 울산문화재단 창작지원금 일부로 제작되었습니다.